講談社文庫

福猫屋

お佐和のねこだすけ

三國青葉

講談社

目次

福猫屋

お佐和のねこだすけ

第一話　ねこだすけ

1

『お前さん、どうして死んでしまったの？』

夜具に横たわる夫の松五郎《まつごろう》に、お佐和《さわ》は心の中で呼びかけた。亡くなったときの苦しそうな様子は消え、表情は穏やかだった。

胸のところで組んでいる松五郎の指の爪が、いつの間にか真っ白になっているのに気づき、お佐和はのどがつまった。

十五歳上の松五郎と夫婦《めおと》になって十八年。両国橘町《りょうごくたちばなちょう》にあるこの家で、八人の弟子と一昨日まで幸せに暮らしていたのに。

自分が松五郎の通夜を営んでいることが、お佐和は信じられなかった。

「お佐和さん、とんだことだったな……」

部屋に男が入ってきた。中背だががっちりした体格で、目鼻立ちの整ったきりりとした顔をしている。

錺《かざり》職人だった松五郎の兄弟子にあたる繁蔵《しげぞう》だった。年はたしか松五郎とふたつ違いで五十二のはず。

枕元に座った繁蔵は、松五郎の顔にかけられた布をそっと取った。

「……松五郎。俺よりお前が先だなんて道理に合わねえだろう。お佐和さんと弟子たちを遺《のこ》していっちまうなんてなにやってんだ」

手を合わせた繁蔵が、袖で目をぐいっとこすった。

「病知らずが自慢だったのに……。心の臓の発作だって？」

「なかなか起きてこないので見に行ったら亡くなっていたんです」

「調子が悪かったのかい？」

お佐和はかぶりをふった。あまりにも突然過ぎて夢を見ているようだ。

自分が何か透明の膜のようなものでおおわれていて、膜越しに見たり触ったりしている心地がする。頼りなくて現実味のない妙な気分だった。

医者の言葉がふと耳によみがえる……。

「誰にでも起こり得る心の臓の発作というのがござってな。災難としか言いようがないが、これぱっかりはもうしようがない」

そして医者は松五郎の胸元をそっとはだけさせたのだった。みみずばれが何本もでき、青いあざになっているのが見えて、お佐和は手で口をおさえた。

そうでもしないと声を上げて泣いてしまいそうだったから……。

「胸が苦しゅうてかきむしったのであろう」と医者は言った。

起こしに行ったお佐和が夫婦の寝部屋の襖《ふすま》をあけると、松五郎が夜具の上で横ざまに倒れており、上掛けにしていた掻《か》い巻きは大きくめくれて枕があらぬ方向へ飛んでいた。

そして松五郎は苦悶《くもん》の表情を浮かべて目をつむり、歯を食いしばっていたのだった。どんなに苦しかったことだろう……。

お佐和の目から涙があふれ出す。

「おかみさん、奥で少し休まれたほうがいいんじゃねえですか」

松五郎の弟子の亮太《りょうた》が、心配そうに顔をのぞき込む。亮太は、五年前に亡くなったお佐和の姉お恵《けい》の息子、つまりお佐和には甥になる。

背がひょろりと高く、涼やかな目が印象的な整った顔立ちをしている。年は十六で、十一のときから修業にきていた。

「ありがとう。でも大丈夫よ」

お佐和はあわてて涙をぬぐい、亮太や他の弟子たちにほほえんでみせた。皆、つらくて不安だろうから、あたしがしっかりしなきゃ。ごめんね。

子宝には恵まれなかったが、弟子たちを守り育てながら仲良く暮らしてきたのに。どうしてこんなことが起きるんだろう。

「おや、繁蔵。来ていたのか」

「これは政吉《まさきち》さん、ご無沙汰いたしておりやす」

ぼんやりしていたお佐和は我に返った。政吉がお佐和の向かいに座って頭を下げる。

「この度はご愁傷《しゅうしょう》様です」

「痛み入ります」

政吉は、松五郎と繁蔵が修業をしていた親方の息子だった。ふたりにとって兄弟子にあたる。

政吉が松五郎に手を合わせ、大きなため息をついた。手拭《てぬぐい》で首筋をふいている。太っているせいなのか、この寒いのに汗をかいているらしい。

「弟子たちは、皆、私が引き取らせてもらうよ、お佐和さん」

「えっ、ほんとうですか！　ありがとうございます」

お佐和は深々と頭を下げた。弟子たちの行く末を考えてやらねばと思っていたものの、親方衆とは松五郎を通しての付き合いだ。誰に相談をもちかければいいのか、正直なところ途方に暮れていたのだ。

政吉が面倒を見てくれるというのなら、こんな良いことはない。皆一緒だから寂しくはないだろう。

弟子たちもほっとした表情を見せている。うちの人も安心したに違いない。

よかったですね、お前さん……。新たな涙が、またお佐和のほおをぬらす。

「あ、繁蔵。ひょっとして、お前も誰か面倒をみようと思ってたのかい」

「いいえ、滅相もない。俺のような者には、弟子を育てるなんてできゃあしませんから。それにもう隠居しちまいましたし」

「えっ、そうなのか」

「へえ、二年前に」

「もったいねえなあ」

口の中で何かつぶやきながら、繁蔵がうつむいた。繁蔵は弟子をとらずに錺職として仕事をしていた。問屋から注文を受けて品物を作る。

腕はいいのに人づきあいがあまり得手ではないので、ひとりでこつこつ仕事をするほうが気楽なんだろう。と、いつだったか松五郎が話していたことがあった。

「何かにおうなあ」

政吉が辺りを見回しながら鼻をひくひくさせた。

「あ、膏薬《こうやく》のにおいか。……おや？　ひょっとして松五郎が貼ってるのかい」

お佐和はつぶやくように言った。

「胸にみみずばれが何本もできて、青いあざになっていたんです」

「どうしてまた」

「発作が苦しくてかきむしったのだろうとお医者様が……」

医者が帰ったあと、お佐和はふと思ったのだ。『胸の傷に膏薬を貼ってあげなくっちゃ』と。だってずいぶん痛そうだったもの。

今はもうすっかり冷たくなってしまったけれど、あのときはまだ、うちの人の体はあたたかかった。

「私はよしたほうがいいと思うがね。今さらどうにもならないし、においが鼻につくし……」

政吉の言葉が胸に刺さり、お佐和はくちびるをかみしめる。どうしてはがさなきゃならないの？　あんなにあざになっていたのに。

亮太が絞り出すような声で言った。

「そのままでいいじゃねえですか。おかみさんが親方にしてあげたいんですから」

うつむいた亮太のひざに涙がぽとぽとと落ちる。政吉はぶすりとした顔で小さくため息をついた。

松五郎のやわらかな笑顔がふと浮かんだ。お佐和や弟子たちを包み込んでくれていたあのほほえみ……。

ああ、うちの人はもういない。ほんとうに死んでしまったんだ。

胸の中で沸き起こった悲しみが奔流のようにあふれ出る。お佐和は松五郎の遺体にすがって号泣した。

2

弥生《やよい》三日、お佐和は松五郎の四十九日の法要を執り行った。幸いなことに天気にも恵まれ、よく晴れてあたたかい日和《ひより》であった。

実は、十八年前、お佐和と松五郎が祝言《しゅうげん》を上げたのも弥生の節句だった。その皮肉なめぐりあわせを葬式の折に菩提寺《ぼだいじ》の住職に知らされて、お佐和は嗚咽《おえつ》をこらえることができなかった。

菩提寺からの帰り道、同じ両国に住まう繁蔵と一緒に歩いていると、うしろからぱたぱたと足音がした。

「おかみさん！」

驚いてふりかえると、亮太が懸命に駆けてくるのが見えた。ほどなく追いついた亮太がぜいぜいと息を切らす。

「いったいどうしたの。なにかあった？」

「いいえ。おかみさんを家までお送りしようと思って」

「繁蔵さんがいらっしゃるから大丈夫なのに」

「俺も送りたいんです」

お佐和が持っていた風呂敷包みを、亮太がひったくるようにして抱え込む。

「政吉さんにはちゃんと許しをもらったんでしょうね」

亮太がかぶりをふる。

「急いでたもので……。帰ったらきちんと説明します」

「もう、あんたって子は」

　顔をしかめて見せながらも、お佐和は亮太の気持ちがうれしかった。本人に話したことはないが、亮太が一人前になったら、自分たちの養子にしようとお佐和と松五郎は決めていたのだった。

　結局かなわぬ夢となってしまったけれど……。

　歩き出すのを待っていたかのように、繁蔵が口を開いた。

「お佐和さん、なんだかずいぶんやせちまったんじゃないか？　半月ほど前に会ったときもやつれたなあとは思ったけど」

「おかみさん、ちゃんとご飯は召し上がってますか」

「ええ」

「ほんとうかなあ……」

「ちょっとやせたかもしれないけど、体の調子はいいのよ」

「大事にしないといけねえよ」

「……繁蔵さんは、おかみさんの様子をよく見に行ってらっしゃるんですか」

「よくっていうか、時々だな。どうかしたか」

「おかみさんのことは俺がちゃんとやってますから」

「おいおい、なに言ってるんだ。お前は修業中の身だろ。ちゃんとできるわけがない」

「いいえ。親方にお願いして、見に行かせてもらってるので大丈夫です」

「あんまり頻繁に出かけると、政吉さんも機嫌をそこねちまうかもしれねえ。無理するな」

亮太が言い返そうとするのをお佐和は止めた。

「いろいろご心配をおかけしましたけど、法事も無事に終わったし、ずいぶんあたたかくなったし。もう大丈夫です」

「立ち入ったことを聞いちまうけど」

いったん言葉をきって、繁蔵が咳払《せきばら》いをした。

「暮らし向きに不自由はないのかい」

「はい。うちの人が遺してくれた蓄えがありますから。まあ、ずっと遊んで暮らせるってわけにはいきませんけれど」

「俺が一人前になったらおかみさんを養います！」

「ありがとう、亮太」

「それならなおのこと、修業に励んで一日も早く一人前にならねえとな。お佐和さんの様子を見に来る暇はないはずだ」

亮太がぷうっとほおをふくらませ、道端の石を蹴飛ばした。

お佐和は寝床の中で雨の音を聞いていた。さっきまで土砂降りだったものの、今はだいぶ雨脚が弱くなっている。

かつてのお佐和なら洗濯物が乾かないと気をもむところだが、今はいっこうにかまわない。いく日雨が続いても、もうかかわりがなかった。

今日は何日だろう。お佐和はふと思った。

夫松五郎の四十九日の法要から七日過ぎたのか、それとも十日過ぎたのかはっきりしない。

亡くなってまだ間がないころは、朝目覚める前の半分夢うつつの状態で、ああ、うちの人が死んだのは夢だったんだ。と錯覚してしまうことがたびたびあった。仕事場に松五郎がいる気がしてならなくて、日に何度も仕事場の戸を開けたこともある。仕事場の目の端に松五郎の姿が映ったことも数えきれない。縁側で煙管《キセル》をくゆらせていたり、台所で麦湯を飲んでいたり……。

空耳もしょっちゅうだった。「お佐和」と呼ばれて幾度振り返ったことか。

もう少し日にちがたつと、お佐和は自分を責めるようになった。

ああ、ひょっとすると、うちの人はいまわの際に、助けを求めてあたしの名を呼んだかもしれない。朝餉《あさげ》の支度にかまけてないで、先に様子を見にいけばよかった……。

どうしてもっとうちの人の体に気をつけなかったのだろう。いくら丈夫だとしても、五十といえば、世間的には充分年寄りだ。

たくさんの孫に囲まれて隠居している年齢《とし》なのに、親方として一生懸命働いていたのだから。疲れがたまっていたのではないだろうか。無理がたたったのではないか。

それにあの日はずいぶん寒かった。着るものを増やしたり、部屋をあたたかくしたりすれば死なずにすんだだろう。

きりきりと荒縄で締め上げるように、お佐和は自分を責め立てた。己への怒りを燃やすことで、自らを奮い立たせていたものであろうか。

そして、葬式は急なことであるから多少の落ち度は目をつむってもらえる。だが、法事はそうはいかない。

お佐和は踏ん張って、松五郎の四十九日の法要を完璧にやってのけた。豪奢《ごうしゃ》ではないが、錺職の親方として恥ずかしくない、おもむきのある、心づかいの行き届いたものとなった。

緊張の糸が切れたお佐和は、勢いよく放り出されて真っ黒な底なし沼に落ちた。むなしさが這いより、心をむしばむ。

お佐和はそのままずぶずぶと沈んでいった……。

子がいればまた違ったのかもしれないが、お佐和と松五郎は子宝にめぐまれなかった。子ども代わりの弟子たちは、松五郎の兄弟子である政吉に引き取られ、広い家に住まうのはお佐和ただひとり。

あまりにも寂しい身の上であった。

お佐和は何をする気もおこらず、日がな一日夜具をかぶって寝ている。雨戸も閉めっぱなしなので、昼なのか夜なのかもわからない。

もう幾日も何も口にしていなかった。

食べなくても我慢できるものなのねえ。さすがにふわふわして体に力が入らないけど……。

ずっとこのままでいたら飢え死にしてしまうだろう。それでもかまわない。あたしなんか生きていたってしようがない。

もう、疲れた……。早く楽になりたい。

今は松五郎のことを思っても、涙は出てこない。もう涸《か》れ果ててしまったのだろうか。

もしかすると、あたしは薄情なのかもしれない。

考えるのが面倒くさくなって、お佐和は再び目を閉じた。眠っているうちに死ねるといいんだけど……。

そのとき、犬が激しく吠え出した。野良犬が庭に入り込んできたらしい。

戸締りはしてあるから、家の中に入ってくることはない。ほうっておこう。

お佐和は夜具を口元まで引っ張り上げた。おや？　お佐和は眉をひそめた。

猫の鳴き声がする。怒って威嚇しているようだ。ひょっとして犬とけんかをしているのか。

お佐和は猫と犬がにらみ合っているさまを思い浮かべた。体の大きさや力は犬のほうが勝るだろうが、猫のほうが身が軽い。

猫は利口だから、争うと見せかけておいて逃げるだろう。木に登ることだってできるのだし。

ところが、しばらくたっても猫と犬両方の鳴き声がする。ひょっとしたら猫はけがを負っていて、逃げられないでいるのかもしれない。

胸がどきどきし始めて、お佐和は夜具の上に座った。じっと耳をすませる。松五郎が生き物が苦手な性質《たち》だったので今は飼っていないが、お佐和は猫好きだった。実家ではずっと猫と暮らしていたのだ。

猫が犬に噛《か》み殺されたらどうしよう。無残な死体が庭に転がっているのを想像して、いたたまれなくなったお佐和は思わず立ち上がった。

ぐるんと天井が回ってしゃがみ込む。ため息をついたお佐和は、用心しながらそろそろと身を起こした。

あちこちにつかまりながらふらふらと歩いて行き、お佐和は庭に面した廊下の雨戸を開けて縁側へ出た。

雨が降る中、三間《げん》ほど向こうで、大きな白い犬と小柄なキジトラ猫がにらみ合っている。猫はどうやら子を宿しているらしかった。ずいぶんお腹が大きい。

だから素早く逃げられなかったのだと、お佐和は合点がいった。なんとか猫を助けてやらなくては。

お佐和が庭へおりると、犬がこちらを向いてうなった。飛びかかってきて噛まれるかもしれないと、一瞬ひるむ。

つい今しがたまで死にたいと思っていたくせに。我ながらおかしかった。

噛み殺されたってかまうもんか。お佐和は松五郎の庭下駄を拾い上げると、犬に向かって思い切り投げつけた。

下駄は犬の半間くらい前の地面に落ちて転がった。犬が鼻の上にしわを寄せ、ものすごい勢いで吠《ほ》えたてる。

お佐和は夢中でもう片方の下駄を投げ、間を置かずに自分の下駄を脱いで投げつけた。

女物の下駄のほうが軽いせいかよく飛んで、うまく犬の背中に当たった。犬が驚いたように目を見開く。

「しっ！　しっ！　向こうへお行き！」

お佐和は下駄を振りかざして怒鳴ると、右足をどんっと踏み出した。犬の目が泳ぐ。

お佐和を見つめたまま、犬がじりじりとあとずさりをした。自分のほうが分が悪いと思ったのだろう。耳が後ろに寝ているし、しっぽがたれて足の間に入ってしまっている。

犬が突然向きを変え、ものすごい勢いで一目散に逃げ出した。お佐和はへなへなと両ひざをついた。

「怖かった……。よく下駄が犬に当たったものだわ」

〈にゃーん〉

鳴きながら猫が走ってきた。うれしそうに何度もお佐和の腕に体を擦《こす》りつける。

お佐和は猫の頭をそっとなでた。

「よしよし、怖かったねえ。もう大丈夫よ。そういえば、お前、首輪をしていないのね。ひょっとして野良猫かしら？」

猫の顔にはまだあどけなさが残っている。小柄な体はやせていて毛並みも悪く、腹だけがはちきれそうにふくらんでいた。

「やっぱり野良猫よね。それに今にも生まれそうなお腹をして。まあ、とにかくうちへお入りなさい」

お佐和が言ったことがわかったかのように、猫はぽんっと縁側に飛び上がり、そのまま座敷へとことこと入っていく。

「ち、ちょっと待ってちょうだい。お前、泥だらけじゃないの。あら、あたしもだわ」

お佐和はくすりと笑った。

ぬれた着物を手早く取り替えて、お佐和は猫を手拭でよくふいた。

「それにしても大きなお腹だこと。いつ生まれてもおかしくないくらい……。あ、そうだ」

お佐和は台所から煮干しを持ってきて猫に与えた。猫ががつがつ食べるのを見ながら、お佐和はため息をつく。

「かわいそうに。ずいぶんお腹がすいてたのね」

飼い猫ならばこんなに飢えてはいないだろう。やはり野良猫なのだ。

この雨の中、まだ冷える日もあるのに、身重の猫を追い出すなどというむごいことはしたくない。でも、うちの人は生き物が苦手で……。

お佐和は思わず「あっ」と声をあげた。猫を飼うのを嫌だと言う人はもう死んだのだった。

お佐和の目から涙があふれる。ああ、ほんとうにうちの人はいなくなってしまったんだ……。

しゃがんだまま泣いているお佐和のほおを、猫が伸び上がってなめた。ざりざりして少しくすぐったい。

「なぐさめてくれてありがとう」

お佐和は猫を驚かさないようにそっと抱き、頭をなでた。猫がごろごろとのどを鳴らす。

「人懐っこい子ねえ。お前は今日からうちの子よ。名無しでは不便だから考えなくっちゃ」

しばらく思案していたお佐和は「そうだ」とつぶやき、猫の目を見つめた。

「福《ふく》って名はどう？　これから良いことがたくさんありますようにって。お前にも生まれてくる子猫たちにも。そしてあたしにも」

福は〈みゃあ〉と鳴き、頭をお佐和の胸にすりつけた。

「じゃあ、まずはご飯を炊《た》いて、猫まんまを作ってあげる。明日おいしい魚を買ってあげるからね。あたしも食べよう。なんだかお腹すいちゃった」

飯が炊けるまでの間に、お佐和は、以前皆で食事をしていた台所の隣の板の間に、福の産室を兼ねた寝床を作った。大きな籠《かご》に古い座布団を敷き、その上にぼろ布を何枚も置いた。さらに上から布をかけ、外から見えないようにしてやった。

子どものころ、実家の猫が子を産んだとき、お佐和の母親がしていたように作ってみたのだ。人から丸見えのところで子を産んだり育てたりするのは落ちつかないらしい。

次に、浅めの木箱に砂を入れ、台所の土間の隅に置いた。大きなお腹では、庭に出て用を足すのはつらかろうと思ったのだ。それに、またさっきの白犬に襲われたりしたら大変である。

飯が炊きあがったので、お佐和は福と向かい合って夕餉を食べた。ネギとワカメの味噌汁に、梅干しと海苔《のり》をおかずに三杯の飯をたいらげ、お佐和は自分でもびっくりした。

久しぶりにものを食べたせいだろうか。眠くてたまらない。半分眠りながら後片付けをし、板の間の隣の部屋へ夜具を運んで横になったとたん、気を失うように寝てしまった。

3

次の日の朝、お佐和は起きてすぐ隣の板の間を見に行った。

「まあ！　生まれてる！」

お佐和は思わず歓声を上げた。もうすぐだとはわかっていたが、まさか夜のうちに産んでしまうとは予想もしていなかった。

犬に吠えられたり、雨にぬれたりしたので早まったのだろうか。うちで飼うのが間に合ってよかったと、お佐和はつくづく思った。

子猫は全部で五匹。キジトラが二匹に、三毛《みけ》とハチワレと真っ黒が一匹ずつ。頭でっかちで毛も薄くて、何か別の生き物のようだ。

「おっかさんになったのね、福。おめでとう」

お佐和が頭をなでると、福はぐるぐるとのどを鳴らした。しかし、すぐにまた、夢中になって乳を飲んでいる子猫たちを一生懸命なめはじめた。

福の体はお産のときの汚れでべとべとになっている。子らの世話をするのに忙しくて、自分の毛づくろいをする余裕がないのだろう。

体も小さく、あどけなさも残っている福の様子からすると、おそらく初めて子を産んだのだと思われる。よくがんばったね……。お佐和は涙ぐんだ。

人も猫も出産が命がけなのは同じだ。いや、むしろ産婆《さんば》の助けがない猫のほうが大変かもしれない。

福の出産を見守ってやれなかったことを後悔しつつ、子育てはできる限り手助けしようと心に誓うお佐和だった。

飯を炊いている間に、お佐和は福の寝床のぼろ布を取り替え、湯を沸かして福の体をふいてやった。

「猫まんまより、もっと滋養のあるものがいいわよねえ。お魚とか……」

松五郎が生きていて弟子たちがいたころは、毎日棒手振《ぼてふり》の魚屋が来てくれていたが、もう断ってしまっていた。あとで魚屋へ行ってこよう。

人ならば、お祝いに尾頭《おかしら》付きの鯛《たい》というところだろうが、むさぼり食べて骨がのどに引っかかってもいけない。鯛の骨は堅いから、のどに刺さるととてもやっかいだ。

まあ、どんな魚にするかは店に行ってから決めるとして。焼くか煮るか、それともいっそのこと生か……。

でも、毛づくろいもできないほどせわしいのだ。食べられないまま時がたったら、魚が悪くなってしまう。

やはり焼くか煮るか、焼くなら塩焼きだが煮るならどんな味付けにしようか……。

ここまで考えてお佐和ははっとした。

猫はネズミなどをとらえて食べるが、獲物に味はついていない。塩や醤油《しょうゆ》で調味する必要はないのではないか。

そのままただ焼いたり煮たりして、飯と混ぜればよい。滋養ということを考えれば、飯より魚のほうが多いというのがいいのかもしれない。

「魚はイワシにしたわよ。今すぐ煮てあげる。焼いて天日に干せば日持ちするって魚屋に聞いたから、残りはそうしようね。焼き干しっていうんだって」

買ってきたものを片付けながら、お佐和は福に話しかけた。

「情けないけど、久しぶりに買い物に行って外を歩いたらくたびれちゃった。ごめん、先にご飯を食べさせてね」

煮売屋で買ってきたゴボウとニンジンのきんぴらをおかずに冷や飯を湯漬けにしてかきこんだお佐和は、急いでイワシの下ごしらえをし、味をつけずに煮た。

煮イワシの身をほぐし、十分さまして福の寝床へ運んだ。五匹の子猫たちが重なるようにして乳を吸っている。

「まあ、乳首をずっとくわえっぱなし」

イワシのにおいに気づいた福が体の向きを変えようとすると、子猫がけたたましく鳴いた。あわてて福がうしろ足を動かす。

「どうしたの？　あっ、福の足がこの子の体の上にのってたんだ。下敷きになってつぶれないように鳴いて知らせてるってわけね」

それにしてもすごいかっこうだ。半分体を起こして寝そべり、うしろ足はこっち、前足はあっちでてんでばらばら。

猫は体がやわらかいからいいけれど、人だったらすぐに筋を違えたりして大事になってしまうだろう。

「おっかさんは大変。さあ、おあがり」

お佐和はイワシの身を自分の手のひらにのせて差し出した。福がものすごい勢いでがっつく。

「お産したからお腹すいたわよね。あわてずにゆっくりおあがり。まだたんとあるから」

朝、猫まんまをやったときは思ったほど食べなかったのに、やはり魚だとまったく様子が違う。お佐和はほうっと息をはいた。

実家で飼っていた猫が子を産んだことはあった。でもお佐和はまだ子どもだったので、どんな様子だったかというのはあまり覚えていない。

「そうそう。大奮発して卵を五つ買ってきたのよ。滋養といえば卵だもの。卵焼きを作ってあげる。卵も生はやめておこうね」

イワシを食べ終えた福が、一生懸命子猫たちをなめてやっている。おしりをなめると子猫たちは用を足す。

それを福がなめて始末をする。おしめいらずだ。

お腹がいっぱいになり、出すものも出した子猫たちが眠り始める。福が急いで台所の土間へ飛び降りた。

砂を敷いた木箱で、福が用を足している。きっとずいぶん長らく我慢していたに違いない。

砂をかく音がしたと思ったら、すぐに福が戻ってきた。いとおしそうに子猫たちをなめ始める。

「もうちょっとゆっくりすればいいのに」

お佐和は福のあごの下をなでた。ごろごろとのどを鳴らしながら、福がぐいっと首をそらす。

もっとなでてくれということなのだろう。人懐っこくてかわいい子だ。

しばらくなでていると、福は寝てしまった。疲れ果てているのだから無理もない。

お佐和は福の頭をそっとなでると立ち上がった。

まずはぼろ布を洗濯しなければ。そのあと、イワシを素焼きにする。

あたしの夕餉のおかずはイワシの生姜《しょうが》煮にしようか、少し多めに作って、明日も食べよう。

なんだか急に忙しくなりましたね。がんばりましょう。

4

次の日も、子猫たちは福にしがみつき、一生懸命に乳を飲んでいる。必死に生きようとしているのだと思うと、お佐和は目が潤《うる》んだ。

そんな子猫たちを、福はやさしくなめてやっている。それも五匹まんべんなくなので、お佐和は感心した。

二日ほどのちには、子猫はおなかがいっぱいになると、乳首から口をはなして眠るようになった。飲んでは眠り、目が覚めると飲む。

そして、寝るときは五匹がかたまっている。おそらくこのほうがあたたかいのだろう。

子猫が眠っている隙《すき》に、福が餌《えさ》を食べたり水を飲んだりするようになった。もちろん用も足す。

さらに、福は自分の毛づくろいも始めた。出産から今日まで無我夢中だったのが、少しゆとりができたものと思われる。

すると、福は自分の体が汚れていることに気がついた。どうしてこんなに汚いの？

ああ、もう、たまらない！　という感じで、猛然となめている。福の体は毎日ふいてやっていたのだが、やはり、自分の舌でなめ取るのが一番なのだろう。

子猫たちは日に日に大きくなっていく。そんなある日、亮太がやってきた。縁側で麦湯を飲みながらかりんとうを食べているお佐和を見た途端、亮太がへなへなとしゃがみ込んだ。

「よかった……」

「いったいどうしたの？」

「この家の雨戸がずっと閉まってるって、さっき人から聞いて、おかみさんになにかあったんじゃないかと、泡を食ってすっ飛んできたんです」

「近ごろはちゃんと開けてるけど、めんどくさくていっときはずっと閉めてたから。心配をかけてしまってごめんなさいね。さあ、座ってかりんとうをおあがりなさい」

お佐和は亮太に、湯漬けとイワシの梅干し煮と麦湯を持ってきてやった。亮太が麦湯を飲み干し、イワシをのせて湯漬けをかき込む。

「はあ、うめえ。おかみさんのイワシの梅干し煮、懐かしいです」

「今日はちゃんと政吉さんに許しをもらってから出てきたんでしょうね」

「あ、はい。早く行けって言ってくれました」

「そうなの。よかった」

「なんだかおかみさん、四十九日の法事のときよりずいぶんお元気そうですね。顔色もいいし」

「ふふふ、それはきっと猫たちのおかげ」

「猫？」

「野良猫が迷い込んできて子を五匹産んだのよ。もう七日ほどになるかしら。母猫がいじらしくて、子猫たちがかわいくて」

亮太が目を輝かせる。

「俺にも猫を見せてください」

「だめよ。まだお産をして日が浅いでしょ。母猫が気が立って子猫を食べちゃうかもしれないもの」

「ええええっ！」

「ひと月くらいしたら大丈夫だと思うから、またそのころいらっしゃい……って、あら、ちゃんと政吉さんに断って来るんですよ」

「わかりました」

「子猫って面白い。お乳を飲む場所が決まってるの。いつ見ても皆同じ乳首を吸ってるんだから。まだ目も開いてないのにね。においでわかるのかしら。それとも飲み心地かしら」

「さあ……」

「あたしねえ、場所によってお乳がよく出るところとそうでないところがあると思うのよ。出が悪い乳首にあたった子猫は体が小さいの。野良猫だったら限られた餌をきょうだいで取り合うとき、体が小さいと力も弱くて不利だし、病にだってかかりやすいだろうし、怪我《けが》だって治りにくいでしょうし。生まれて最初に選んだ乳首が命にかかわることもあるっていうのは、ずいぶん厳しいなあって思っちゃった」

「あのう、もしかしておかみさん、そういうことを考えながら一日中子猫たちを眺めてるんですか？」

お佐和はにっこり笑った。

「ええ、だって全然飽きないんだもの」

子猫たちが寝ている間、福は気晴らしに出かけるようになった。縁側で寝そべったり、庭でひなたぼっこをしたり……。

乳を飲むときは飲み、眠るときは眠るというめりはりが子猫にできたことと、福自身が子育てに慣れたことと、その両方で余裕ができたようだ。

お佐和に甘えることもある。なでてくれと体を擦りつけてきたり、ひざにのってきたりするのだ。

そんな福の様子を見ていると、つい不憫《ふびん》になって目頭が熱くなる。とみに涙もろくなってしまったお佐和であった。

ある日台所で夕餉の支度をしていると、福がやって来た。口にくわえていたものをお佐和の足元に置いて〈みゃー〉と鳴く。

日が沈みかけているので、台所は薄暗くて足元が少し見えにくい。なんだろうとしやがんだお佐和は思わず悲鳴を上げた。

「ネ、ネズミ！」

丸々と太ったネズミはすでに息絶えていた。猫は飼い主に獲物をくれることがある。

福がお佐和を見つめて再び〈みゃー〉と鳴いた。ネズミを食べろと言っているのだろう。

お佐和はネズミからそっと目をそむけながら福の頭をなでた。

「ありがとう、福。あたしはちょっと遠慮しておくね。せっかく捕まえたんだから、お前がおあがり。滋養がつくわよ」

松五郎が生き物が苦手だったせいで猫が飼えず、ネズミが住み放題だったこの家も、これからは少しましになるのだろうか。

でも、近ごろの飼い猫はあまりネズミを捕《と》らないとも聞く。人が餌を与えるからだと言う者もいた。

ネズミを退治したいのなら猫に餌をやるなということなのだろうが、うちはそんなことはしない。

ネズミを捕まえるのが子育ての気晴らしになるのなら、それで十分だった。

それからの福は、ちょっと姿が見えないなあと思っていると、ネズミをくわえてもどってくることが多くなった。そしていつの間にか、天井裏を走り回っていたネズミの足音がしなくなっている。

福に食べられたのと、仲間が捕まえられて、この家は危ないと逃げ出したのと両方なのだろう。実家で猫を飼っていても、ネズミがいなくなるということはなかったし、近所や知り合いの家もそうだった。

ひょっとすると、福はネズミ捕りが他の猫より上手なのかもしれない。

福が子猫を産んでひと月ほどたったある日のこと。座敷で遊ぶ子猫たちをお佐和が眺めていると、突然、福が縁側へ走り出た。

「どうしたの？　福」

お佐和が声をかけても福は庭のほうを向いたままだ。毛が逆立っている。

野良犬が入って来たのだろうか。もしそうならば子猫が危ない。

お佐和もあわてて縁側に出た。耳をすますと足音がする。きっと誰かが訪ねてきたのだ。

ほどなく亮太が現れた。福が毛を逆立てたまま背中を丸め〈しゃーっ！〉と言った。尻尾《しっぽ》がぽんぽんにふくらんでいる。

「福、この子はあたしの甥っ子だから大丈夫よ」

お佐和が頭をなでてやると、福は亮太をにらみながら座敷へ戻った。子猫たちを自分のそばに呼び寄せ、油断なくこちらを見ている。

「今日はどうしたの？　あたしは元気よ」

「この前、生まれてひと月くらいたったら、俺にも子猫を見せてあげるっておかみさんが言われたので」

「あら、そういえばそうだった。でも、そんな理由でよく政吉さんが来させてくれたわね……。ちょっと、亮太。まさか政吉さんに黙って出てきたの？」

亮太はきまり悪げにうつむいた。

「これ、あたしの目を見てちゃんとおっしゃい」

「実は俺……。四十九日の日に無断でおかみさんを送って行ったことを親方にひどく叱《しか》られて、罰として外へ出ちゃならねえんです。だからこっそり抜け出してきました」

「まあ……。じゃあ、この間も黙って来たの？」

亮太がこくりとうなずく。確かに政吉の許しなしにお佐和を送ったことは亮太の落ち度だ。

だが、夫を亡くしたばかりの実の叔母を案じた亮太の気持ちを慮《おもんぱか》ってくれてもよいのではないか。亮太は心根の優しい子だ。今日も子猫にかこつけてはいるが、お佐和のことを案じて訪ねてくれたにきまっている。

こういうとき松五郎なら、いちおう叱りはするが、「叔母さんが心配だったお前の優しい気持ちはこれからも大事《でえじ》にしろよ」とでも言って、罰を与えたりはしなかっただろう。

それにお佐和が政吉の女房なら、口添えをして罰をもっと軽くしてもらうのだが。詫《わ》びの文を書いて持たせようか……。

いや、やめておこう。お佐和がしゃしゃり出ると事が大きくなってしまうかもしれない。

それに亮太も十六だ。子どもではないのだから、あまりかばいだてするのもよくない気がする。

「亮太が様子を見に来てくれたのはとってもうれしい。ありがとうね。でも、あたしは元気だから、ほんとうにもう心配しなくても大丈夫」

「はい」

「そうそう、子猫たちを見せるんだったわね。名もちゃんとつけたのよ。キジトラの雄《おす》が小太郎《こたろう》、雌《めす》がサクラ。三毛猫は雌でミオ、ハチワレは雄で次郎吉《じろきち》、黒猫は雄で三《さん》太《た》。そして母猫は福」

サクラがとことことやってきて、お佐和のひざによじ登った。お佐和がサクラの頭をなでながらほほえむ。

「目が開きだちのころは、どこを見てるかよくわからなかったんだけれど、近ごろはちゃんと目が合うようになったの。見つめられると、もうかわいくてかわいくて。すつかり親馬鹿ならぬ猫馬鹿になっちゃった……」

次郎吉が亮太のそばへやって来て、ひざのあたりのにおいをかぎ、顔を上げてじっと見つめた。亮太が相好《そうごう》をくずす。

「そんなに無垢《むく》な目をされると困っちまう……」

亮太がそっと次郎吉を抱き上げる。次郎吉は亮太の腕の中でごろごろとのどを鳴らしていたが、やがて眠ってしまった。

「かわいいなあ……。あれ？　つっついても、全然目を覚まさねえ。よく寝てらあ」

残りの子猫たちも縁側にやってきたので、福も子らに続く形でお佐和のひざもとに座った。

「お佐和さん、いるかい？」

繁蔵の声だった。たちまち福と子猫たちが座敷に逃げ込む。亮太が眉《まゆ》をひそめた。

繁蔵と松五郎は、お互いが錺職として独り立ちしてからも、時折酒を酌《く》み交わす仲だった。おそらく馬が合ったのだろう。

「松五郎の四十九日がすんでから、ずっとこの家の雨戸が閉まってるって人づてに聞いて、見に来ようとした矢先に足首をひどくひねっちまってな。やっと歩けるようになったから来させてもらったんだ」

そういえば亮太も、この前同じようなことを言っていた。雨戸を閉めっぱなしにしていたのが、いろんな人の口の端《は》にのぼっているとは思いもよらなかった。皆に心配をかけてしまったことをお佐和は反省した。

縁側に座った繁蔵が、菓子が入っているらしい包みを差し出した。受け取るとふわりと良いにおいがする。

「いいにおい。酒饅頭《さかまんじゅう》ですか？」

繁蔵がうなずく。

「うちの人の好物をありがとうございます。さっそくお供えしますね」

お佐和は酒饅頭をふたつ松五郎の位牌に供え、残りを皿に盛って麦湯の入った湯呑みとともに繁蔵の前へ置いた。

「おもたせですがどうぞ。亮太もお饅頭をいただきなさい」

ぺこりと頭を下げて亮太が縁側に腰をおろした。繁蔵が麦湯をひと口飲んでほうっとため息をつく。

「松五郎が死んでからこっち、ずっと忙しかっただろうから、病気でもしてるんじゃねえかって案じていたが、元気そうでよかった……」

お佐和は頭を下げた。

「ご心配をおかけしてしまってすみません。法事が終わったら気が抜けたのか、何もする気が起きなくなって。雨戸も開けずにずっと寝ていたんです。このまま死んでもいいかなと」

繁蔵と亮太がぎょっとした顔つきになる。

「気鬱《きうつ》の病に取りつかれていたのかもしれません。そんなときに迷い込んできた猫が、その日の晩に子猫を五匹産んで。猫たちの世話で忙しくしているうちに、気鬱の虫はいなくなってしまいました」

「するってえと、猫が命の恩人ってわけか……」

繁蔵の言葉に、お佐和は大きくうなずいた。

「そうなんです。だから福たち親子のためにできるだけのことはしてやろうと思って」

「福？」

「母猫の名です。福はネズミ捕りもすごく上手で」

「へえ……」

「うちは天井裏や納屋《なや》にネズミがたくさん住み着いていたのに、今はもう一匹もいません」

「福が退治しちまったのか」

「全部ではないんですが、たくさん捕まえてきました。難を逃れたネズミたちはどこかへ行ってしまったみたいです」

「この家は危ねえってわかったんだろう。てえしたもんだな」

「福、大丈夫だからこっちへいらっしゃい」

お佐和は、繁蔵を警戒して座敷にいる福を呼んだ。繁蔵がくしゃみを連発する。

「ち、ちょっと待ってくれ。猫は呼ばなくていいから」

繁蔵のひどくあわてた様子に、お佐和と亮太は顔を見合わせた。

「わっ、亮太。お前子猫を抱いてるのか。いいか、絶対に離すんじゃねえぞ」

亮太がいたずらっ子のような笑みを浮かべた。

「ひょっとして、繁蔵さん。猫が怖いんですか?」

「馬鹿なことを言うな。こんなもの、怖いはずねえだろう」

「へえ。じゃあ、はい」

亮太は眠っている次郎吉を繁蔵のひざの上に置いた。「ひっ」と悲鳴のような声を上げて繁蔵がのけぞる。

「り、亮太! 早くこいつをのけてくれ!」

繁蔵が顔を引きつらせている。額に冷や汗もかいているようだ。

繁蔵が次郎吉に危害を加えると思ったのだろう。ものすごい勢いで走ってきた福が、背中を丸めて〈しゃーっ〉っと威嚇《いかく》した。

「ぎゃああ！」

繁蔵はひざから次郎吉を払い落とすと、裸足《はだし》で庭に飛び降り一目散に逃げた。福は寝ぼけ眼の次郎吉をなめてやっている。

「もう、亮太ったら。悪ふざけはいいかげんになさい。繁蔵さんを呼んできてちょうだい。もう猫はいませんからって。さあ、福。おやつをあげるから向こうへ行きましょう」

お佐和が福に煮干しをやって戻ってくると、繁蔵がうなだれて座っていた。亮太はにやにや笑いを浮かべている。

「猫たちは台所にいます。襖《ふすま》を閉めましたから、ここへは来られません」

「餓鬼のころ猫に襲われたことがあってな。それ以来猫が怖いんだ」

「どうして襲われたんでしょう」

「それが皆目わからねえ。機嫌を損ねたわけでも、餌になるような物を持ってたわけでもねえのに、突然飛びかかってきやがった。俺は五つかそこらだったから、倒れたはずみに小さな崖を転がり落ちた上にご丁寧に水たまりにはまって、傷だらけの泥まみれになっちまった」

「かわいそうに……」

亮太が頭を下げる。

「そういう事情とは知らず、すみませんでした」

「いや、いいんだ」

「あのう……。繁蔵さんは親方が亡くなってから、ちょくちょくおかみさんの様子を見に来られてるんでしたよね」

繁蔵が腕組みをした。

「そうだ。今日が四度目くらいか。やっぱり心配でな。松五郎と俺は同じ親方のところで修業をしたし、仲が良かったから」

「大変ありがたいことなのですが、これからはご遠慮いただけないでしょうか」

繁蔵が「えっ」と声を上げた。

「亮太！　なんて失礼なことを言うの！　繁蔵さんにあやまりなさい！」

亮太を叱りつけておいてから、お佐和は繁蔵に頭を下げた。

「申し訳ございません」

「で、でも！　おかみさんのところに男が出入りしてるって、うわさが立ってからでは遅い。だから……もう、ここへは来ないでください！」

　お佐和と繁蔵は顔を見合わせた。

「うわさになんかなりゃしないよ。もしなったとしても、ほっときゃいいんだ」

「繁蔵さんはそれでいいかもしれませんけど、おかみさんは困ると思うんです」

　そんなことまでとても気が回らなかったとはいえ、もっと気をつけるべきだった。もしうわさが立ってしまったら、松五郎と繁蔵に申し訳ないと悔やむのと同時に、自分がそういう立場になってしまったのだということが、お佐和は悲しかった。

「もちろんやましい気持ちなんてこれっぽっちもねえが、軽はずみだったかもしれねえなあ。すまねえ」

「そ、そんな。あやまらないでくださいな。訪ねてきてくださって、あたしはありがたいんですから。亮太もなんですか。それは取り越し苦労ってものよ」

「俺としては、人に後ろ指をさされるようなことは避けてもらいたいんです。繁蔵さんの代わりに俺が来ますから」

「おい、聞き捨てならねえな。俺はただ心配してるだけだ」

「だから、世間には悪くとる人がいっぱいいるんですってば」

「じゃあ、なにか？　ほっとけっていうのかい。またひよこっと気鬱の病にとりつかれたらどうするんだ」

「俺が様子を見に来ます」

「亮太。そんなことしたら、また政吉さんに怒られるでしょ。大丈夫。猫たちがいるから」

お佐和ははっとした。これでは繁蔵にも「来るな」と言ってしまったようなものではないのか。

〈にゃあ〉

襖のむこうで福が鳴いた。ちょうどよい合いの手のような鳴き声に、繁蔵も亮太も気が抜けたのか言い合いをやめたので、お佐和は胸をなでおろした。

5

繁蔵と亮太がお佐和の家で鉢合わせをして十日ほどのち、再び繁蔵がお佐和を訪ねてきた。今度は六十過ぎぐらいの男を伴っている。

「たびたびすまねえな、お佐和さん。こちらは俺が住んでる長屋の大家の孫兵衛《まごべえ》さんだ」

お佐和と孫兵衛はあいさつをかわした。孫兵衛は人の好さそうな小柄でやせた老人である。

孫兵衛は出された麦湯を飲み、口を開いた。

「実は、うちの長屋にふた月ほど前からネズミが住み着きまして。これがずいぶんと悪さをするんです。米や芋《いも》、小豆《あずき》、なんでも食ってしまう。夜具や着物をかじって巣を作る。壁や天井に穴をあける。挙句の果てに寝ていた赤子までかじられて……」

お佐和は思わず「ええっ！」と声を上げた。

「あわてて母親がネズミを追い払ったんで大事には至らずにすんだんですが、もうこれは退治しなければということになりまして」

いったん言葉を切って、孫兵衛は大きなため息をついた。

「猫をけしかけたり、罠《わな》を置いたり、猫いらずを使ったりしたのですが、いっこうに捕らえることができません。それどころかネズミが子を産んで数が増え、もうどたどたと天井を走り回っている始末……」

「それはお気の毒に……」

ネズミは利口だ。お佐和も、ネズミを退治する大変さはよく承知していた。

「こちらで飼われている猫は、ネズミ捕りが得意だそうですね。そこでまことにずうずうしいお願いで申し訳ないのですが、手前どもに猫をお貸しいただけないでしょうか」

「もちろんかまいませんが、うちの猫はちょうど子育てをしている最中なんです。たとえ少しの間でも、子猫と離れるのは無理だと思います」

大家がぐっと身を乗り出す。

「もちろんわかっております。なので、子猫ともども来ていただけないかと」

「どういうことでしょう」

「繁蔵さんの家で子猫を預かり、その間に母猫にネズミを捕ってもらおうと思うんです。すみませんが、お佐和さんにも一緒に来ていただきたい」

「すまねえ。この間言ったように、俺は猫がからっきしだから」

「ええ、そりゃあもうかまいませんよ。うちの福でお役に立つなら」

二日後の朝、繁蔵が猫たちを連れにやってきた。よく晴れているが、時折風が吹いているせいで暑くない。

子猫を連れて出かけるには好都合な日和だった。

先日の亮太の失礼を詫びようかと迷ったが、やはり知らぬ顔をしておくことにした。話を蒸し返さないほうがいいと思ったのだ。

「繁蔵さん、大丈夫ですか？　猫……」

「籠に入れて運ぶ分には、まあなんとか。それにお佐和さんが飼いだしたのなら、俺も少しずつ慣れねえとな」

繁蔵が持参した背負い籠の底に、お佐和は普段猫たちが使っている小さな座布団を敷いた。

子猫は生まれてひと月を過ぎたあたりから、福が食べる餌に興味を示して口をつけるようになった。今では柔らかく炊いた飯と魚を主に食べ、乳を飲む回数はずいぶん減っている。

ついさっき朝飯を腹いっぱい食べた子らは、くっつき合ってぐっすり眠っている。

お佐和は子猫たちを籠に入れたあと、福を入れて頭をなでた。

「ネズミ捕り、頑張って頂戴ね。ご褒美にスズキを買ったから」

子猫たちがけっこう食べるので、近ごろは毎朝棒手振に寄ってもらうようにしている。今日はスズキを奮発したのだ。

「猫にスズキとは豪勢だな」

繁蔵の言葉にお佐和はくすりと笑った。

「いつもはイワシやアジやサバを食べさせてます。今日は特別なんですよ」

ふたをした籠を繁蔵が背負い、うしろからお佐和がついていく。籠の網目から猫たちが見えるし、猫たちもお佐和が見える。お互い安心なのだった。

最初のうちは外の景色をもの珍しそうに見ていた福だが、やがてぐっすりと寝入ってしまった。

「籠の中で暴れたら大変だと案じてたんだが、おとなしいな」

「ええ、みんなよく眠っています。繁蔵さんがいらっしゃるちょっと前に餌をやったんです」

「なるほど。腹の皮が突っ張ればまぶたがゆるむってえのは、人も猫も同じなんだな。おかげで助かった」

繁蔵が手拭で額の汗をふく。

「繁蔵さんもネズミになにか悪さをされたんですか？」

「掻い巻きの襟のところへ小便をひっかけられちまった。くさくて寝られやしねえから古着屋に売り払って、そこで別のを買った。とんだ散財だ」

「まあ、それは災難でしたねえ」

「でも、うちはまだましなほうだ。やっとこ買ったなけなしの米を食い尽くされた家があった。母親ひとりで四人の子を育てていて、ようやく暮らしているようなありさまでな。あんまり気の毒だから、長屋の皆でちょっとずつ米を出し合って持って行ってやったんだ」

その母親の絶望と安堵《あんど》を思い、お佐和は思わず涙ぐんだ。なんとしてでもネズミを退治しなければ。

今日うまくいかなかったらまた出直して、ネズミがいなくなるまで福にはがんばってもらおう。お佐和は心に決めた。

四半刻《しはんとき》ほど歩いて、ふたりは繁蔵の長屋へ到着した。猫たちはまだぐっすり寝ている。

お佐和は繁蔵の住まいに来るのは初めてだった。夫の松五郎は時折訪ねて行って酒を酌み交わしていたのだけれど……。

所帯を持たなかったのでひとり暮らしだが、飯の支度をはじめ、日々の暮らしに不自由はないらしい。酒が入った徳利《とっくり》を持って松五郎が訪れると、手早くつまみを作ってくれたりしたそうだ。

松五郎の言葉を裏付けるかのように、家の中はきちんと片付き塵《ちり》ひとつ落ちていない。とても男のひとり暮らしとは思えなかった。

普通の長屋はひと間だが、繁蔵の家は二間で広かった。手前の部屋で仕事をしていたとみえ、隅のほうに道具が置かれている。

繁蔵は、二年前に錺職をやめて隠居したのだ。体の衰えを感じるようになったからだと、松五郎づてにお佐和は耳にしていた。

「繁蔵さんならまだやれる」と松五郎は残念がっていた。お佐和も同感だったが、松五郎が亡くなってしまった今になると、体をいたわって隠居してよかったのだとしみじみ思う。

繁蔵が背負い籠を仕事場におろした。お佐和は福を抱いて頭をなでる。

「さあ、福。ネズミ退治をがんばってちょうだい」

お佐和のひざからおりた福が畳の上で、両の前足をつっぱり大きく伸びをする。続いてほわほわとあくびをした福が、突然真顔になった。

耳をすませる様子だった福のひげがぴんとする。目つきが変わったようにお佐和には思われた。

福がじっと天井を見上げている。

「気になるのかい？」

猫たちから離れて壁に張り付いていた繁蔵が、箒《ほうき》の柄を使って部屋の隅の天井板をずらした。走り寄った福が繁蔵の体を駆け上がり、肩からぽんっと飛び上がって天井裏へと消える。

繁蔵が「ぎゃっ！」っと叫んで尻もちをついた。

「すみません」

「……いやいや、かまわねえよ。うまくネズミを捕まえてくれりゃいいんだが」

言葉とは裏腹に、繁蔵の顔は真っ青だ。

「今日うまくいかなかったら、また出直しますから」

「そうしてくれるとありがてえ」

「なんとしてでも、福にはネズミを退治してもらわないと」

お佐和は天井を見上げた。

「おじゃまするよ」

大家の孫兵衛が入って来た。

「福はもう天井裏へ行っちまいましたよ」

繁蔵の言葉に、孫兵衛は目を見張った。

「やっぱり気配がするんだな」

「でも、ネズミたちは昼間寝ているのではないでしょうか」

「それが、ネズミどもが調子にのりおって、近ごろは昼間も悪さをするようになってしまったんだよ」

「まあ。じゃあ、福はその音を聞きつけたのかもしれませんね」

四半刻ほどたったころ、福が天井裏ではなく入り口から帰って来た。そのまま部屋に上がる。

「おかえり、福」

福が口にくわえていたものを、ぽとりと畳の上へ落とした。お佐和は手を口にあて、悲鳴を上げそうになるのを必死にこらえる。そばに座っている孫兵衛もかたまってしまった。

それはネズミの尻尾だった。しかもかなり長い。五寸は優に超えているだろう。孫兵衛がつぶやく。

「尻尾がこれだけの長さがあるってことは、かなりでっけえネズミだな。そして福はそいつを食っちまったってことだ……」

お佐和はうなずくのがやっとだった。

壁際にいる繁蔵がいきなり「わあっ！」と叫んだので、お佐和の心の臓は跳ね上がった。

「ふ、福が俺のひざに口を擦りつけていきやがった」

福ったら、繁蔵さんに懐《なつ》いたのね。あ、でも、ネズミを食べたばかりだから、福の口の周りにはきっといろんなものがくっついてる……。

孫兵衛がゆっくりとかぶりをふったので、お佐和も小さくうなずいてみせる。

満足そうに手で顔を洗っている福を眺めながら、お佐和は心の中で自分に言い聞かせた。そうよ。繁蔵さんは知らないほうが幸せだわ……。

毛づくろいを終えた福が自分で籠の中へ入り、眠っている子猫たちを順ぐりになめ始める。目を覚ました三太が甘えて体を福に擦りつけると、福は目を細めて顔をなめてやった。

ほんにいとおしそうに子らをなめること。……もしかして福は懐いたんじゃなくて、子猫たちに汚れがつくのを避けるために、繁蔵さんのひざで口をふいたのかしら。

三太が乳を飲みたがったので、福は籠の中で寝ころんだ。他の子猫も起きて我先にと乳を吸い始める。

乳をやりながら福が居眠りをしだすと、お佐和たち三人は顔を見合わせほほ笑み合った。

「今日の捕り物はこれにて終了ってとこだな」

「こうなったらもうしばらくは起きませんから」

「腹がいっぱいになっちまったら、ネズミなんか捕る気にはならねえよな。じゃあ、帰るか」

「はい、お願いします。続きはまた」

お佐和は繁蔵と孫兵衛に頭を下げた。孫兵衛と繁蔵も礼を返す。

「今日はありがとう。おかげでさっそく一匹退治できた。残りも気長にお願いします。繁蔵さん、ご苦労だが頼みますよ」

次のネズミ退治は三日後にという取り決めだったので朝からお佐和が繁蔵を待っていると、繁蔵について孫兵衛もやってきた。

「お佐和さん、ネズミ退治は取りやめだ」

繁蔵の言葉に、お佐和は眉をひそめた。

「何か不都合でもあったんですか？」

孫兵衛がにっこり笑う。

「その反対だよ。ネズミどもがいなくなっちまったんだ」

「ええっ！」

「福が捕まえたのは、どうやらネズミ一家の父親だったらしい。こりゃあまずいと思ったんだろうな。母ネズミと子どもたちは逃げちまったみたいだ。天井裏を走る音がしなくなったし、食い物を置きっぱなしにしてもネズミにやられなくなったんだ」

「つまり福は大将首を取っちまったようなもんだ。すげえな」

福が父ネズミを捕まえたのは、意図してのことなのかたまたまなのかわからないが、とにかくネズミを退治することができた。ほんとうによかったとお佐和は思った。ご褒美においしいものを食べさせてやらなくては……。

誰が訪ねてきたのかと、見にきた福に、お佐和は声をかけた。

「福、長屋からネズミがいなくなったんですって。よかったわねえ」

小首をかしげている福を、お佐和はひざにのせた。あごの下をなでてやるとごろごろとのどを鳴らす。

「ありがとう、福。少ないがこれはお礼です。お佐和さん」

孫兵衛がお佐和のひざの前に懐紙で包んだ小判を置いたので、お佐和は驚いた。

「いけません、大家さん。ちょっと行ってネズミを一匹捕まえただけですのに、こんなことをしていただいては」

「遠慮することはありません。これは取っておいてください。どうやっても捕まえることができなかったネズミを、福が退治してくれたんですよ。うちの長屋は福に助けてもらったんだから、お礼をするのは当然です」

「でも……」

「あのままネズミがいすわって悪さをし続けていたら、店子《たなこ》たちは皆長屋を出て行ってしまったでしょう。新しい借り手も見つかりやしないだろうし。ほんとうに助かりました」

「いただいておきなよ、お佐和さん。福はそれだけの働きをしたんだから」

繁蔵にも諭されて、お佐和はうなずいた。

「それではちょうだいいたします。ありがとうございます」

「俺からはこれを」

繁蔵がふところから小さな袋を出してお佐和にわたした。

「繁蔵さんまで……。ありがとうございます」

袋を開けると、中には金色の鈴が入っていた。大きいのがひとつ、小さいのが五つ。

「まあ、かわいらしい。作ってくださったんですか」

「手すさびにな。首輪につけてやっておくれ」

「はい。ありがとうございます」

繁蔵と孫兵衛が帰ったあとで見ると、懐紙には二両が包まれていた。これは大切にしまっておいて、猫たちのために使おう……。

そして、お佐和は猫たちに首輪を作ることにした。針を使うのは楽しい。

松五郎と所帯を持つまで、お佐和は家で母親といっしょに着物を仕立てる仕事をしていたのだ。

行李《こうり》にしまいこんでいた麻の葉模様の赤い絹の端切れを探し出してきた。ずっと以前に古着屋で買ったものだ。

かわいらしいのでつい買ってしまったのだが、弟子は男ばかりで使い道がなかったのだった。無駄遣いをしてしまったと悔やんでいたのが、やっと日の目を見たというわけだ。

中に綿を入れた首輪には、繁蔵からもらった鈴をつけた。出来上がった首輪を、お佐和は猫たちに結んでやった。

「まあ、よく似合うこと」

猫たちが動くたびにちりちりと澄んだ音がする。首輪や鈴を嫌がるのではないかと案じたが、杞憂《きゆう》に終わったようだ。

福はまだしも、子猫たちは小さい上に動き回っているので、踏みそうになって肝《きも》を冷やしたことが何度もある。鈴をつけておけばかなり安心できそうだった。

近ごろは、子猫たちそれぞれの性格の違いが現れてきて面白い。キジトラの小太郎はおっとりしていておおらか。体も一番大きい。

同じキジトラのサクラは好奇心旺盛で、庭に出ても物おじせずに虫を追っかけたり木に登ったりしている。同じ雌でも、三毛猫のミオは慎重で少し引っ込み思案だ。いつもきょうだいたちのうしろで様子をうかがっていた。

ミオとは反対に、ハチワレの次郎吉はとても人懐っこい。誰にでも抱かれ、愛嬌《あいきょう》をふりまく。そして黒猫の三太は活発で暴れん坊。きょうだいに飛びかかっては取っ組み合っている。

気質は違うが、きょうだい仲はよい。いつも一緒に遊んでいるし、団子になって寝ていたりする。

近ごろは福がそばにいなくても、子猫たちだけで過ごすことができるようになっていた。なので、福はふらりとどこかへ出かけ、自分だけで過ごしていることもある。

帰って来た福が呼ぶと、子猫たちがわらわらと現れる。

「おっかさん、おかえりなさい」

「おっかさん、どこ行ってたの」

「おっかさん、寂しかったよ」

などとでも言っているのだろうか。皆鳴きながらまとわりついた。そんな子猫たちを、福は一匹一匹いとおしそうになめてやる。

お迎えの儀式は、たいてい乳を飲んで終わる。興味深いのは、福がさっさと切り上げて立ち上がってしまうようになったことだ。子猫たちが飲み足りなくても知らん顔をしている。

庭で福が子猫たちに狩りの仕方を教えているのもよく見かけた。親離れが近いのかもしれない。

半月ほどがたち、猫が増えた。福が連れてきたお腹の大きい三毛猫の雌が、ほどなく子を六匹産んだのだ。

お佐和は三毛猫を楽《らく》と名付けたが、この猫も初産だったらしく、慣れない子育てに一生懸命になっている。お佐和もできる限り手助けし、福も自分の子の面倒を見つつ、楽の力になってやっている。

そんなある日、繁蔵の長屋の大家の孫兵衛が、初老の男を連れて訪ねてきた。

「私は、上州高崎《じょうしゅうたかさき》で養蚕《ようさん》を営む作右衛門《さくえもん》と申します。従兄《いとこ》の孫兵衛にこちらの福のネズミ退治の話を聞きまして、ぜひ福の子猫を一匹お譲りいただきたいとお願いに参った次第です」

突然のことで、お佐和はびっくりしてしまい言葉が出なかった。

「不躾《ぶしつけ》なお願いであることは重々承知しております。ですが、そこをなんとかお願いしたいのです。私どもにとって猫というのは、大切なお蚕《かいこ》さまに害をなすネズミを退治してくれるとてもありがたい存在でして」

「ネズミの害……」

「ネズミが幼虫や繭《まゆ》を食べてしまうのです。そのため養蚕農家では猫を飼っている家がたくさんあります。我が家にも猫がいたのですが、先日死んでしまいました。次の猫を探しておるところです」

「確かに福はネズミを捕まえるのが上手ですが、子猫たちもそうとは限らないのではないでしょうか」

「ネズミ捕りの得手不得手《えてふえて》は血筋じゃと私は思うております」

「……そうなのですね」

お佐和の実家でも、生まれた子猫たちは、皆もらわれていった。猫は何度も子を産むので、そうしないと家中猫だらけになってしまう。

子猫を譲るのはよいとしても、上州の高崎は遠すぎやしないだろうか。でも、大切にしてもらえるということでは一番かもしれない。

お佐和の心を読んだかのように作右衛門は言った。

「滋養のあるものをたんと食わせて大事に飼いますので、どうかお譲りください。この通りです」

頭を下げる作右衛門に、お佐和の心は動いた。こんなにほしがっている人にもらってもらうなら、猫も幸せだ。

「承知いたしました。お譲りいたしましょう。雄と雌、どちらがよろしいですか？」

「できれば雄猫をお願いいたします」

雄ならば次郎吉がいい。人懐っこいから新しい飼い主にもすぐ懐くだろう。

福は承知してくれるだろうか。一抹《いちまつ》の不安がお佐和の胸をよぎる。

お佐和は猫たちの寝部屋へ行った。福がちょうど子猫たちに乳を飲ませている。

お佐和は福の頭をなでた。

「福、子猫をほしいっていう人が来てるんだけど、次郎吉をあげてもいい？　上州の高崎で遠いけれど、とっても大事にしてくれるから」

福がお佐和の顔をじっと見つめている。福が次郎吉を後追いするようだったら、この話はなかったことにしてもらおう。お佐和は心に決めた。

お佐和は次郎吉を連れて客間に戻った。福がうしろをついてきている。

「この子猫が一番人懐っこいので良いかと思います」

作右衛門が次郎吉を抱いて相好をくずす。

「よう肥《こ》えて丈夫そうな猫じゃ。名はなんと？」

「次郎吉と呼んでいます」

「良い名じゃ。次郎吉、かわいいのう。これは次郎吉のおっかさんですかな？」

お佐和はうなずいた。作右衛門が福の頭をなでる。

「次郎吉はわしが大切に育てるから案じるなよ」

作右衛門は懐から金包みを出した。

「七両あります。お納めください」

次郎吉をただであげるつもりだったお佐和はびっくり仰天《ぎょうてん》した。荷物を運ぶ馬が一頭一両で買える。それを七両もだなんて……。

「こんな大金をいただくわけにはまいりません」

「いやいや、次郎吉はネズミ捕りの名手の子ですからね。これくらいは上州では当たり前です」

「この金は、作右衛門が次郎吉を大切にするという証でもあるんですよ、お佐和さん」

孫兵衛に言われて、お佐和は深々と頭を下げて金を受け取った。

ほどなく、孫兵衛と作右衛門は帰っていった。福は見送ったがあとを追いかけることはしなかった。

「次郎吉、行っちゃったねえ」

お佐和のほおを涙が伝う……。

6

次郎吉が高崎へもらわれてから二十日が過ぎた。次郎吉は新しい家にすっかり慣れ、皆にかわいがってもらっているらしい。

作右衛門から孫兵衛に宛てた文に記されていたと、繁蔵が知らせてくれたのだった。次郎吉は元気にしているだろうかと案じていたお佐和はほっとした。寂しいがこれでよかったのだとようやく思うことができる。

生まれてからもうすぐ三月《みつき》になる子猫たちはすっかり乳離れをし、福や楽が食べるのと同じ餌を食べている。楽の子らは生まれて二十日ほど。ちょうど皆目が開いたところで、これからますます愛らしくなっていくことだろう。

水無月《みなづき》に入って長かった梅雨《つゆ》が明けたと思ったら、途端に暑くなった。猫たちは家の中の涼しい場所を探して長く伸びて寝ている。

暑くなると、食欲が落ちて夏負けすることがよくある。去年までは松五郎や弟子たちの食が進むように、さっぱりとしていて滋養のあるものをあれこれ工夫したものだった。

忙しくも楽しかった日々を思い、お佐和の胸はちくりと痛んだ。いやいや、今年だって忙しい。

猫たちがたくさんいるんだもの。猫は毛皮を着ている分人より暑いだろう。おいしい餌を作ってやらなければ。

でも……。お佐和は思案した。人ならば、酢や梅干しをたたいたもので和《あ》えたり、ミョウガやアオジソなどの薬味を使ったりしたものだったが、猫はどうすればよいのか。

猫たちの好物をあれこれ思い浮かべてみた。しばらく考えていたお佐和は「あっ」と声を上げた。

ひょっとすると猫は、『おいしそうな匂い』が好きなのではないだろうか。たとえば鰹節《かつおぶし》がそうだ。

鰹節は良い匂いがするが、削ったものを口に入れてもそれほどおいしくはない。アジやイワシなどの身のほうがずっとおいしい。

しかし、煮魚と飯を混ぜた餌に削り節をかけると、猫たちはよく食べるようになる。人だっておいしい匂いは食欲をそそるが、猫はきっと人より鼻がいい分それが強いのだ。

おいしい匂いがするように心がけよう。あと、暑さで魚が傷まないように気をつけないと。

「おかみさん」

縁側で考えにふけっていたお佐和は、声をかけられ飛び上がった。

「ああ、びっくりした」

「驚かせちまってすみません」

「亮太、心配してくれるのはありがたいけれど、こんなに何度もここへ来ていたら、そのうち政吉さんに許してもらえなくなるんじゃないの？」

言葉につまった様子の亮太に、お佐和は眉をひそめた。

「どうかした？」

「俺、政吉親方のところをやめてきたんです。しばらくの間こちらへ置いていただけないでしょうか」

「ええっ！　どうしてやめてしまったの？」

亮太は無言のままうつむいている。わりとよくしゃべる子なのにと、お佐和はいぶかしく思った。

「政吉親方とはどうもそりが合わなくて……」

「そりが合わなかったんじゃなくて、幾度も無断で抜け出してうちへ来ていたのが原因なんでしょ」

「い、いいえ……」

「あたしに気をつかわなくていいから、ほんとうの理由《わけ》を話してちょうだい」

しばらく亮太はうつむいて逡巡しているようだったが、やがて意を決したように顔を上げた。

「おっしゃる通りです。親方の言いつけを守らなかったので破門されました」

「まあ、なんてこと……。これからすぐあやまりに行きましょう。あたしからもよくお詫びして、なんとか許してもらわないと。急いで支度をするから、ちょっと待っててちょうだいね」

「あのう、おかみさん。行っても無駄だと思います」

立ち上がろうとしていたお佐和は、驚いて亮太の顔を見つめた。

「どうして？」

「そりが合わないっていうのはまんざらうそじゃねえんです。なんだか最初《はな》っから俺は目の敵にされてたみたいで。無断で遊びに行ったやつより、血のつながった叔母さんを見舞った俺のほうがきつく叱られるっていうのは、やっぱり合点がいきません」

「そうだったの……」

お佐和は納得できなかったが、顔には出さないようにつとめた。政吉はどうして亮太にそんなひどい仕打ちをしたのだろう……。

お佐和の脳裏にふと松五郎の通夜の膏薬の一件がよみがえった。あのとき亮太が歯向かったのを根に持っていたものか。

それとも、亮太がお佐和の身内だというのが一因なのか。他になにか理由があるとしても、なかなかに心のせまい陰険なやり口だった。

松五郎は、他人《ひと》の悪口をけっして言わぬ人であった。なのでお佐和も平静を装ったのである。

しかし、お佐和を大事に思う亮太の優しい気持ちが直接のきっかけになってしまったのが申し訳なかった。

「ごめんね、あたしを案じてくれたばっかりに」

「いいえ、おかみさんがあやまることはなにもありません。俺の不徳の致すところってやつですから」

達観したような物言いのはしににじみ出る口惜《くや》しさを察して、お佐和は泣きそうになった。あわててまばたきをして涙を追い払う。

「もう錺職人にはならないつもり？」

「わかりません。ゆっくり考えてみてえんです」

亮太の母お恵はお佐和より六つ年上で、料理屋の女中をしていたが、その店の板前と夫婦になって小さな飯屋を開いた。今は亮太の兄夫婦が父親と一緒に店を切り盛りしている。

ちなみにお佐和の父親は小間物問屋の通い番頭をしていた。松五郎の親方がその店に品を納めていたのが縁で、お佐和は松五郎と夫婦になったのだ。

思えばあっという間の十八年であった……。

修業先にも実家にも居場所がない亮太を、お佐和は家へ置いてやることにした。

「承知しました。しばらくうちへ置いてあげます。部屋は元いたところを使えばいいわ。掃除は自分でなさい」

「あのう、俺のかかりはどうしたら……」

「そんなこと心配しなくてもいいの。うちの人とあたし、うんと年が離れてたでしょ。だから自分が死んだあとのためにって蓄えを遺してくれてるから」

「ありがとうございます！」

亮太があからさまにほっとした表情を見せる。やはり不安だったのだろう。松五郎が生きていれば、亮太にこんな思いをさせずにすんだのに……。

掃除が終わったら湯屋に行かせて、夕餉は亮太の好きな素麺《そうめん》を作ってやろう。そういえば、誰かとご飯を一緒に食べるのはずいぶん久しぶりだ。

次の日、亮太は昼近くまで眠り、飯を食べたあとはずっと夜具の上でごろごろしていた。お佐和は素知らぬ顔をしておいた。今日は亮太の叔母でいてやることにしたのだ。

さらに次の日の早朝、お佐和は福の子猫たちを亮太の部屋へ入れ、襖をほんの少し開けてのぞいた。充分に眠って元気いっぱいの子猫たちは力の限り暴れまわる。

熟睡していた亮太が、うっすらと目をあけた。腹の上をサクラがものすごい勢いで駆け抜けていったからだ。

「うわあ！」

今度は三太が、亮太の顔に馬乗りになって鼻に噛みついた。ほおに爪が食い込んでいるものと思われる。

たまらず亮太は三太を振り払った。夜具の上を転がった三太は、ぱっと跳ね起き、背中を丸めて体の横側を亮太に向け、つつっと滑《すべ》るように歩く。

それを見たきょうだいたちも、皆三太と同じような格好をした。気圧《けお》された亮太が思わず立ち上がる。

「な、何だよ、その『お前、やんのか！』みたいな構えは」

子猫たちが一斉に亮太に飛びかかり、噛みついた。

「ぎゃああっ！」

亮太が子猫たちを振り落として廊下へ逃げ出した。後ろ手に襖を閉め、大きく息をつく。

実家が飯屋で生き物を飼うのはご法度だったため、亮太の身近に猫はおらず、猫の性質《たち》には明るくない。もちろんお佐和はそのことをよく知っている。

亮太が体のあちこちに、嚙み傷やひっかき傷ができているのに気がついて顔をしかめた。お佐和はすまし顔で声をかける。

「おはよう、亮太」

「おはようございます、おかみさん」

「涼しいうちに庭の草取りをしてちょうだいね。朝餉を食べたら家中の掃除をお願い」

子猫たちの襲撃に懲《こ》りたらしく、亮太は毎日きちんと起きるようになった。庭の草取りに水やり、家の掃除をすますと、たいていは仕事場にいる。

これからどうするつもりなのか、亮太が自分で決めるまで、お佐和は見守ることにしていた。

そんなある日、繁蔵がやってきた。「しばらくこちらでご厄介になってるんです」とあいさつをする亮太に繁蔵が目を丸くする。

「政吉さんのところはどうした」

「そりが合わなかったんで、やめちまいました」

「……ふうん」

繁蔵はそれっきりなにも聞かない。亮太は一礼すると部屋を出て行った。

「亮太のやつ、ここへ何度も来ていたのが原因で破門されたんじゃないのか」

「……実はそうなんです」

「だろうと思った。でも、まあ、政吉さんが亮太のことを虫が好かなかったっていうのも根っこにあるんだろうが……。それで亮太は毎日何をしてるんだい？」

「庭仕事と家の掃除です。全部済ませると仕事場にいますけど」

「まだ細工ができねえってのに、いったい何をしてるんだろうな」

「うちの人が今までに作ったものを触ったり眺めたり、作りかけのものを片付けたり。道具の手入れをしているのも見かけました」

「やっぱり錺職になりたいんだろうかね」

「まだ本人も決めかねているようです」

『相談にのってやってください』という言葉をお佐和は呑《の》みこんだ。繁蔵には繁蔵の考えがあるだろうと思ったのだ。

それからは繁蔵はやってくると、きまって亮太をつかまえて何か話をするようになった。ふたりで仕事場にこもっているときもある。

亮太がお佐和のところへ転がり込んでからひと月が過ぎたある日のこと。訪ねてきた繁蔵がお佐和に話があると言った。

いつになく緊張している様子の繁蔵に、お佐和は小首をかしげた。いったい何の話だろう。

「縁側じゃなんだから、座敷へ上がってもいいかな。それと、亮太を呼んできてほしい」

これはもしかすると、亮太の今後の身の振り方についての話かもしれない。お佐和は急に胸がどきどきした。

掃除を終えた亮太は井戸端で体をふいていた。今日も暑いから汗だくになったらしい。

昔、遊びに来て汗まみれになった亮太に行水を使わせたことをお佐和は思い出した。大きくなったものだ……。

「亮太、繁蔵さんがあたしたちに話があるんですって」

着物の袖に腕を通しながら、亮太が眉をひそめる。おや？　繁蔵さんの話の内容について、亮太には心当たりがないみたいだわ。

ということは、亮太のこれからのことを話し合うのじゃないのかしら。政吉さんに詫びを入れてくれるか、他の修業先を世話してくれるものだと思っていたのに……。

座敷へ戻ったお佐和は、繁蔵の向かいに亮太と並んで座った。

「話ってのは、亮太のこれからのことだ」

ああ、よかった。さすがは繁蔵さん。

亮太の口から「えっ」という小さな声がもれる。この子ってば、ほんとに能天気なんだから……。

「亮太が一人前になるまで、俺が面倒を見てやろうと思うんだ」

「ありがとうございます！」

お佐和は深々と頭を下げた。うれしい。ほんとうにうれしい。

繁蔵は人づきあいがあまり得手ではないと松五郎から聞いていたので無理だと思っていたのだ。繁蔵が弟子にしてくれるのなら、こんなにいいことはない。

お佐和は横目でちらりと亮太を見た。うれしいのだろう。ほおが赤くなっている。

よかったねえ、亮太……。

「お話は大変ありがてえんですが、お断りさせていただきます」

「ち、ちょっと！　何を言ってるの？　亮太」

「弟子にしてくださるのは、俺がおかみさんの甥だから。違いますか？」

「それはどういうことだ？」

「失礼を承知で言わしてもらいます。繁蔵さんはおかみさんに気があるんじゃないんですか？」

「やめなさい！」と言いながら、お佐和は亮太の肩をゆさぶった。

「だから何度も訪ねて来なさったんでしょう」

「やっぱりそれが心配で、亮太は頻繁に様子を見に来て、挙句の果てに破門されちまったってわけか」

「そりが合わなかっただけです」

「うそをつかなくてもいい。お佐和さんにちゃんと聞いている」

「五年前、俺のおっかさんが亡くなるときに言ったんです。『これからはお佐和のことを自分の母親だと思って孝行するんだよ』って。だから繁蔵さんが案じてくださらなくても、俺がおかみさんを支えていきます。だからもうおかみさんとは関わらないでください」

姉のお恵がそんな言葉を遺していたとは知らなかった。亮太の非礼にはらはらしつつも、お佐和は胸がいっぱいになって思わず涙ぐんだ。

「おいおい、勘違いもいい加減にしろ。俺はお佐和さんにそういう気持ちはつゆほども持っちゃいねえ。俺にとって松五郎はかわいい弟。だからお佐和さんも妹みたいなもんなんだ。松五郎があの世でお佐和さんのことを心配しているだろうと思って代わりにお節介を焼いてる。ただそれだけだ」

「……信用できません」

にらむ亮太に繁蔵は舌打ちをした。

「俺には忘れられねえ女がいる。ずっと独り身なのもそのせいだ。そいつ以外は眼中にない。これでいいか？　あんまりきまりが悪いことを言わせるなよ」

「……弟子にしてくださるってことは、繁蔵さんはこの家に住むつもりですか？」

「おい。俺が今言ったこと聞いてなかったのか？　お前の耳はどこについてるんだ」

「おかみさんを女として見ないんなら、一緒に暮らすのもありだと思ってるのかなって」

「馬鹿野郎！」

繁蔵が大声で怒鳴った。怒りでほおが赤くなっている。

「そんなことするわけねえだろう！　それこそ、どんなうわさを立てられるかわかったもんじゃねえ！」

「……すみません」

急にしおらしくなった亮太に、繁蔵が大きなため息をつく。

「そんなことを案じてたのかよ。俺も見くびられたもんだ。おとなってのはなあ、そんな簡単に惚《ほ》れたりくっついたりするもんじゃねえ」

亮太は土下座《どげざ》をした。

「申し訳ございませんでした！」

「わかった、わかった。頭を上げな。それでどうなんだい。錺職になりてえのか」

「はい！」

「亮太はもう十六だ。今から商売替えをしたってうまくはいかねえだろう。それにせっかく辛抱してがんばってきた錺職の修業が無駄になっちまう。松五郎があの世で悲しむ。亮太はけっこう見込みがある。わりに筋がいいんだ。俺もいろいろ迷ったんだが、一生のうちにひとりくらい弟子を育ててもいいかなと思って」

繁蔵の優しい心遣いに胸をうたれ、お佐和は涙をこらえるために何度もまばたきをした。

「ほんとうにありがとうございます。亮太をどうぞよろしくお願いいたします」

「ありがとうございます。俺、一生懸命がんばります」

「ここの仕事場を使わせてもらって、俺は家から通おうと思うんだが、いいかい？」

「ええ、もちろんです。あっ、それじゃあ。ご飯はうちで召し上がってくださいね」

「そんな手間をかけちゃ悪い」

「あたしと亮太の分は毎日作ってるんですもの、ふたりも三人も変わりませんよ」

「……うーん、それじゃそうさせてもらうかな。すまねえな。かかりはちゃんと払うから」

「そんなお気遣いはなさらないでください」

お佐和の言葉に、繁蔵は真顔になった。

「それはいけねえよ。お佐和さんもこれからひとりで生きてかなきゃならねえんだ。こういうことはきちんとしねえと」

そうだった。もう松五郎はいないのだ。何年かは蓄えで暮らしていけるだろうが、そのあとのこともちゃんと考えなければ。

口入れ屋に行ってみるのもよいかもしれない。

「はい、ではそうさせていただきます」

「俺がおかみさんを養います！」

力む亮太に、お佐和と繁蔵は笑みをかわした。

「亮太。それは立派な心掛けだが、まずは一人前にならねえとな」

亮太がぐいっと身を乗り出す。

「ところで親方、忘れられねえ女っていうのはいったいどこの誰なんです？」

「……お前には一生教えてやらねえ」

「おかみさんの身内として、俺には教えてもらう筋合いがあるはず」

〈ゴツン〉

「うわ、痛《い》ってえ……親方、いきなりの拳骨《げんこつ》は無しにしてくださいよう」

7

繁蔵が亮太を弟子にしてから二十日あまりが過ぎた。松五郎の新盆も無事にすみ、朝晩はずいぶんしのぎやすく感じられる。

福の子猫たちは生まれて四ヵ月、楽の子たちはふた月。合わせて十四のやんちゃ盛りのおかげで毎日目が回りそうだ。

福がいなくても子猫たちが平気になったので、福は時折泊りがけのネズミ退治に雇われるようになった。やはり福のネズミ捕りの腕前はとても良いらしい。

そんなある日のこと、浅草《あさくさ》にある小間物問屋森口《もりぐち》屋の主信左衛門《しんざえもん》が訪ねてきた。

森口屋へは松五郎が品を納めていて、十年以上の付き合いがある。信左衛門がその柔和な風貌に似合わぬ大きなため息をついた。

「先日、長年かわいがっていた猫が死んでから、お袋がすっかり気落ちしてしまって。食も進まず一日ぼんやり過ごしているせいか、近ごろは物忘れまでする始末で私たちも大困り。そこで、こちらの子猫を一匹ゆずってもらえないかと思ってね」

信左衛門が四十過ぎだから、母親は六十くらいか。心の支えを失った悲しみはháかりしれない。

お佐和は松五郎が亡くなったころの自分を思った。子猫と一緒に過ごすのはきっとなぐさめになることだろう。

「それはお気の毒に……。うちの猫でよろしければどうぞ。やんちゃ盛りのがたくさんおりますよ」

信左衛門はほっとした表情を浮かべた。

「ありがとう」

「それではさっそく子猫たちのところへお連れいたしましょう」

「これはすごい！　にぎやかだね」

猫部屋に通された信左衛門が笑顔になる。おそらく信左衛門自身も猫好きなのだと思われた。

お佐和と信左衛門が座ると、子猫たちが興味津々《しんしん》という様子で集まってきた。

「ひい、ふう、みぃ……。ええっ！　十四も」

「どれでもお好きな子猫を差し上げますよ」

「はてさて、どれにしようか……」

しばらく信左衛門は思案していたが、皆のうしろからそっとこちらをうかがっているミオを抱き上げた。

「この猫にしよう。死んだ猫も三毛だったのでね。あと、ちょっと人見知りそうなところも似ているかなと思って」

福はちょうど深川《ふかがわ》へネズミ捕りに出かけている。だが、近ごろは甘えて寄ってくる子を追い払うような仕草も時折みせるようになったので、福が留守の間にミオをあげても大丈夫だろう。

ミオは信左衛門におとなしく抱かれて去って行った。

子猫たちの引き取り先を思案し始めているお佐和だったが、やはり別れはつらい。なにをするにつけても、ふとミオのことを思い出してはため息をついてしまう。

ところが五日後、信左衛門がミオを戻しに来たのだ。なんでも、老母の具合がちっとも良くならず、それどころか、かえって調子が悪くなってしまったように見受けられるとのことだった。

猫が亡くなってまだ日も浅い。新しい猫をもらうのは早すぎたのかもしれないと、信左衛門はミオと菓子折りを置いて帰って行った。

あれだけ寂しかったくせに、返されたとなると憤慨してしまう。我ながら身勝手だとお佐和は苦笑いをした。

胸に抱いたミオの鼻に自分の鼻をくっつけてお佐和はつぶやく。

「あんたのどこが気に入らなかったんだろうねえ……」

理由を考えかけたがやめにした。老母の気持ちは本人にしかわからない。それをあれこれ推《お》しはかってもしようがない気がしたのだ。

ミオが目を閉じごろごろとのどを鳴らす。

「ミオがご機嫌ならばそれでいいわ」

お佐和はミオにほおずりをした。

「おかみさん、ミオが戻って来たんですね」

「ええ、そうなのよ」

夕餉を食べながら、お佐和は繁蔵と亮太に事の顚末《てんまつ》を話した。ミオが戻ってきたことを、亮太が喜んでいるふうだったので、お佐和はくすりと笑った。

「ああ、うめえ。すみません、お代わりをください」

亮太が茶碗を差し出す。今日は、酢飯に、焼いてほぐした塩サバ、キュウリの塩もみとすりゴマ、刻んだ青ネギとミョウガとアオジソを混ぜ込んだものと、豆腐とワカメの味噌汁だった。

茶碗に大盛にしてわたしてやると、亮太がちょっと目を伏せてはにかんだように笑った。

ああ、姉ちゃんも、ときどきこんな顔をしていたっけ……。寂しいけれど懐かしい。

あたしにも子がいたら、顔の造作《ぞうさく》や手の形、何気ない表情や仕草なんかにうちの人のことを思い出すんだろうか。

お恵が亡くなったのはもう五年も前のことだから、歳月がある程度傷をいやしてくれているが、亡くなって日が浅い松五郎の面影を見るのはつらい。いっそのこと、子がいなくてよかったのかもしれない。

お佐和ははっとした。信左衛門の老母も、死んだ猫と同じ三毛の子猫のミオでは、なぐさめになるどころか、ずっと死んだ猫を思い出して、傷をえぐられるようでつらかったのではないか。

とてもかわいがっていたそうだから、人に対するような思いを猫に抱いたとしてもおかしくはない。

次の日、お佐和は三太を連れて森口屋へ出かけ、自分の考えを信左衛門に話した。そして、三太を老母の部屋の前の縁側に置き、ふたりで庭の木の陰に隠れて見守ることにしたのだ。

知らないところへ置き去りにされた三太は〈みゃーみゃー〉と激しく鳴いている。ほどなく老母が縁側へ出てきて座り、三太を抱き上げた。

「まあ、これは見事に真っ黒だね。おっかさんとはぐれちまったのかい？　かわいそうに。四十九日もすんじゃいないけど、お前のほうからあたしを頼って来たんだもの。ミケも怒りはしないだろう。それにあの子も野良猫だったのを育てたんだから。ミケは人の気持ちがよくわかる優しい猫だった。猫っていうより大切な友だちのようだったよ。あの子はあたしの宝物。めぐり合えて幸せだったのに、死なれて胸に大きな穴が開いちまった。……いっそのことこんなに似ても似つかない子猫なら、あたしもつらくないかもしれないねえ」

老母がいとおしそうに三太の頭をなでる。

「名はなんとしよう……。丈夫に育って長生きするようなのを考えなくちゃね。お前はあたしより先に死ぬんじゃないよ。わかったね」

お佐和は、老母と死んだ猫の絆を思って胸がいっぱいになった。自分だって福をはじめ、家の猫たちがいつのまにか大切な存在になり、生きる力になっている。

世の中には、猫をもらいたい人、猫が子をたくさん産んだものの飼えないので引き取ってほしい人、捨てる人などいろいろな人がいる。一方、猫は人に飼われておいしい餌とあたたかい寝床があるほうが幸せだ。

自分が人と猫の縁を結ぶというのはどうだろう。あたしは福に命を助けてもらったのだから、猫に恩返しをしたい。

野良猫を助け、飼ってくれる人を探す。人も猫も幸せになってもらう。

そうだ！　それを自分の仕事にしよう。これからは、自分で稼いだお金で生きていかなくちゃ。店の名は『福猫屋』がいい。

老母が三太にほおずりをするのを見ながら、お佐和は決心したのだった……。

第二話　ねこまみれ

1

「猫は商売になんかならねえだろう」

夕餉《ゆうげ》のおかずのアジの塩焼きをつついていた箸《はし》を止め、繁蔵《しげぞう》はあきれ顔だ。

「でも、あたしは猫に恩返しをしたいんです」

「お佐和《さわ》さんの気持ちはわかる。でも、ただでもらったりあげたりする猫を、どうやって商《あきな》いにするってんだ？」

「……それは今考えてます」

「いやいや。ただでもらえるのに、わざわざ金を出すやつなんていねえよ」

「たしか、福《ふく》の子猫が大金で高崎《たかさき》の養蚕《ようさん》農家へ買われたんでしたっけ」

亮太《りょうた》の助け船に、お佐和は大きくうなずいた。

「そうなのよ。七両もいただいたの」

「すげえ！」

「水を差すようで悪いが、あれは、まあ、富くじにあたったようなもんだ。めったにあるこっちゃねえ」

「ほら、繁蔵さんの長屋のネズミを福が見事に退治して、二両いただいたこともあるし」

「あ、ネズミ捕りなら、福や福の子どもたちがよく行ってるやつですよね。ついこの間も、小太郎《こたろう》がいねえと思ったら本所《ほんじょ》の長屋へ貸し出されてるって」

「ええ、そうよ。一日百文《もん》でね」

「へえ。それも商いになるんじゃねえですか」

「そうしたいなと思ってるの」

「確かにネズミ捕りで日銭は稼いでるようだが、福親子だけだろ？　それに、猫を手に入れちまったら、もう借りなくてもすむ。商売あがったりになっちまうぜ」

お佐和は言葉に詰まった。繁蔵が表情をやわらげる。

「なにも意地悪で言ってるんじゃねえ。商売にするなら食っていかなきゃならないが、果たしてそれができるのかってこった」

繁蔵の言うことはもっともだ。

「じっくり思案してみます」

「……俺は難しいと思う」

「まあ、急がなくてもかまわねえんだし。俺も何か考えます」

「ありがとう、亮太」


その夜、お佐和は考えを整理してみることにした。甘い物を食べたほうが良い了見が浮かぶ気がして、饅頭《まんじゅう》を用意する。

饅頭をほおばると、ひとりでに笑顔になってしまう。ひざの上で丸くなって眠っているサクラをそっとなでた。小さなぬくもりがいとおしい。

猫と暮らす幸せを、ひとりでも多くの人に知ってもらいたいという思いは間違っていない。だが、お佐和自身が生きていくためには商売にならなければいけない。

繁蔵が言った通り、猫をもらう際にお金はかからない。あげるほうはかわいがってくださいという願いを込めて、餌《えさ》となる鰹節《かつおぶし》を猫につける。

もらったほうは、菓子折りだったり青物《あおもの》だったり、なにがしかのお礼をわたす。金銭ずくではなく、善意のやりとりなのだ。

だから、猫をもらうときに金を払うというのは成り立たない。誰も福猫屋で猫をもらってくれなくなってしまう。

つまり、猫のやりとりとは別のところでお金をもうけなくてはならないのだ。猫を里子《さとご》に出すことと、商いとは分けて考える。

お金を得るにはどうすればよいか。ネズミ捕りに猫を貸し出すのも商いになる。しかし、今のように月に五、六回というのでは、猫たちの餌代にもならない。

回数を増やすにも限界がある。そして根本的な問題は、その家に猫をあげてしまえば、ネズミ捕りに雇われていた福たちは用済みになるだろう。

猫を里子に出すと商いにさわりが出てしまうのだ。ということは、別のやり方でお金をかせがなくてはならない。

思わず大きなため息をつく。すると、サクラが夢うつつに伸びをした。ちりんと鈴が鳴る。

お佐和ははっとした。首輪！　首輪を作って売るのはどうだろう。……あと、猫のための小さな座布団や、猫じゃらしや毬《まり》なんかのおもちゃ！

猫が使うものを作って売る。うんとかわいく作ればたくさん売れるかもしれない。

首輪や座布団は、布を買ってくればすぐに作ることができる。綿は古い座布団のものを使えばいい。

おもちゃは実際にうちの猫たちで試して、よく遊ぶように工夫するといいかもしれない。いろいろ試しに作ってみよう……。

福猫屋の行く末に少し光明が見えた気がして、お佐和は勢いよくふたつ目の饅頭に手を伸ばした。

次の日、仕事場におやつを持っていくついでに、お佐和は、繁蔵と亮太に自分の思いつきを話してみることにした。

ふたりとも何て言うだろう……。

いつもは先に声をかけるのだが、今日は気がはやって引き戸を開けてしまった。いきなり耳に飛び込んできた亮太の声にお佐和は面食らう。

「よし、よし、よしっ」

「薄く、薄く、薄く」

「うりゃ、うりゃ……。もっと、もっと……」

亮太はこちらに背を向けて、一心に金床《かなとこ》を金槌《かなづち》で打ち続けているようだ。松五郎《まつごろう》にも政吉《まさきち》にも、道具の扱い方や手入れの仕方をみっちりやらされていた亮太だが、繁蔵に弟子入りしてからは、細工の初歩をやらせてもらっているとのこと。

「いいぞ、いいぞ……あっ！　あああああ」

亮太が金槌を放り出して頭を抱える。

「まただ。また裂けちまった……」

どうやら、亮太は小さな銀の薄板を伸ばして、ごく薄い銀の板を作ろうとしているらしい。まんべんなく同じ厚さに伸ばしていかないと裂けてしまうのだと、以前松五郎が言っていたっけ。

それにしても、この亮太のひとり言はいったいどういうことだろう。こんなにうるさいほどしゃべっていたら、他の人はさぞ迷惑に違いない。

「あっ」とお佐和は心の中で声を上げた。今は亡き姉のお恵《けい》が昔こぼしていたのを思い出したのだ。亮太のひとり言に困っていると、寺子屋《てらこや》の師匠から苦情を言われたと。

なんでも、夢中になるとひとり言が出てしまうらしい。熱心に取り組んでいるのは良いが、他の寺子たちの迷惑になるというのだった。

小さい子のすることだからと、当時お佐和はあまり気に留めなかったのだが……。

「おい、亮太。お前のそのぶつぶつ言う癖、なんとかならねえのか」

仕事場の隅に置かれた屏風《びょうぶ》の向こうから繁蔵が現れた。

「えっ、俺、何か言ってましたか？」

「うるさいんだよ。こんな変な奴、弟子にするんじゃなかった」

「それを言うなら親方だって、鶴の恩返しのくせに」

「は？　どういうことだ？」

「俺に見られるのが嫌だから屏風の陰に隠れちまって。絶対に見ちゃなんねえって。まるで羽を抜いて機《はた》を織ってる鶴じゃねえですか」

「うるせえ。俺は他人《ひと》に見られてると気が散って仕事にならねえんだ」

「そんなに必死に隠してるところをみると、ほんとに親方が作ってるのかどうかあやしいもんだぜ」

「何か言ったか？」

「いいえ……。技は見て盗むもんだってえのに」

「馬鹿。お前にはちゃんと手本を見せてやっただろうが。こんな親切な師匠めったにいやしねえぞ」

「あんなの一回見たくらいじゃわかりませんよう」

「自分の頭が悪いのを人のせいにするな」

悪態《あくたい》をつきながら、繁蔵が亮太の隣に座って金槌をふるい始めた。

「厚さに偏《かたよ》りがあるから裂けちまうんだ。こうやってまんべんなく叩《たた》かねえと。ほれ、やってみろ。しかし、お前。あんなにぶつぶつ言ってちゃ、女子《おなご》に嫌われちまうぞ」

亮太がにやりと笑って胸をそらした。

「大丈夫ですよ。俺、女には好かれる性質《たち》なんで」

「おいおい、寺子屋で一緒に遊んだとかそういうのは無しだぜ」

「ご心配なく。俺、どうしてだかわかんないんですけど、年上の女にもてるんですよね」

「へえ……。まあ、あまりいい気になるなよ。そのうち痛い目にあうぞ」

亮太ったら、実家の飯屋で働いていた女子衆にかわいがられたことを言ってるんでしょ。まさか本気でもてると思ってるの？　確かに見目《みめ》はいいけれど……。

それにしても、繁蔵が弟子をとらなかった理由はそういうことだったのかと、お佐和は得心がいった。鶴の恩返しにひとり言。どちらもいい勝負だ。『割れ鍋に閉じ蓋《ぶた》』という言葉が頭に浮かび、お佐和は小さくため息をついた。

やがて、繁蔵がお佐和に気づいて、「あっ」と声を上げる。お佐和は盆をちょっと掲げて会釈《えしやく》をした。

「おい、亮太。休もう」

亮太がうれしそうに「はい」と返事をした。

「こりゃあうまそうだ」

皿の上には団子《だんご》が盛られていた。餡《あん》をまぶしたものと黄粉《きなこ》をかけたものとしょうゆをつけて焼いたものがそれぞれ三本ずつ。

「布を買いに行ったついでにね。おいしそうだったから」

「布でなにかするんですか」

「ええ、猫の首輪と座布団を作ってお店で売るつもり」

『お店』って言っちゃった。なんだかわくわくする……。かわいい柄の布が安く手に入ったので、お佐和の心ははずんでいた。

「首輪と座布団を売って商いにするのかい？」

「他に、猫じゃらしや毬なんかのおもちゃも。猫を里子に出すのと商いを分けて考えることにしたんです」

「分けて考えるのはいいが、そんなものが売れるのかね」

「うんとかわいく作れば買う人があると思うわ」

腕組みをした繁蔵が「うーん」とうなる。団子をほおばっていた亮太が口を開いた。

「昨日から親方は、おかみさんの言うことに反対ばかり。いいじゃねえですか。おかみさんが好きでやることなんですから」

繁蔵が真顔になる。

「そいつはだめだ、亮太。『福猫屋』は暇《ひま》つぶしじゃねえんだ。お佐和さんがひとりで食べていくための店じゃねえと」

「それは俺だってわかってます。でも、あれもだめ、これもだめじゃおかみさんがかわいそうです。最初は失敗してもいいじゃねえですか」

ああ、亮太も売れないと思っているのね。お佐和の胸がちくりと痛む。と同時に、反発心がむくむくとわき上がった。

「何事も、やってみなきゃわからないでしょ。とにかく、福猫屋は半月後に開店します」

繁蔵と亮太が同時に「ええっ」と声を上げる。

「まずは猫を里子に出すのを主にやっていくことにするわ。首輪と座布団はいくつか並べるけれど」

ここは強気で押し通さなければ……。

「考えてるばっかりじゃ、いつまでたっても埒が明かない。猫は小さいうちのほうがもらわれやすいのに皆どんどん大きくなるし。一日でも早く始めなくちゃならないのよ」

「いや、自分の店なんだから、お佐和さんの好きにすりゃあいい。ただ、俺はお佐和さんががっかりする顔を見たくねえってだけなんだ」

「心配してくださってありがとうございます。でも、とにかくあたしは前へ進みたいんです」

「わかった。もうなにも言わねえ。ただ……」

繁蔵はお佐和の目をじっと見つめた。

「松五郎が遺してくれた金をつぎ込むようなことはしねえでくれ」

「はい、承知しました。何事もできるだけお金をかけないように心がけます。お金はあたしのへそくりでまかなって、うちの人が遺してくれたものには手をつけないつもりでいますので」

「おかみさん、へそくりっていくらくらいあるんですか？」

「それは内緒」

仕事場を出たお佐和は、空になった皿を載せた盆を抱えたまま廊下にへなへなと座り込んだ。半月後に福猫屋を始めるだなんて言ってしまった、ああ、驚いた……。お佐和の中では、今年のうちに開店できればいいなというくらいの心づもりだったのだから。

だって亮太も繁蔵さんも、頭からだめって決めつけてるんだもの。そりゃあ、あたしだって、すんなりうまくいくとは思っちゃいないけど、あんなにあからさまに言われたらかちんとくるわ。

でも、あたしのほうも、年甲斐《としがい》もなく意地を張ったりして……。お佐和は小さなため息をついた。

己の思いがけない行動を恥《は》じる気持ちはあるものの、後悔はしていない。それが自分でも不思議だった。

亮太と繁蔵の前で口にしたように、子猫たちはどんどん大きくなる。今年のうちになどと悠長なことを言っていたら、もらい手のない猫たちで家の中がいっぱいになってしまう。

福と楽の子と、拾った子猫を合わせて今十五匹いる。お腹の大きな野良猫が迷い込んできて出産することはこれからもあるだろうし、今いる雌猫《めす》たちもやがて子を産む。猫は増えていくいっぽうになる。

だから、お金儲《もう》けは後回しにして、猫と人の縁結びを早急に始めなければならないのだ。

商いについては、縁結びに精を出しているうちに方策を思いつくかもしれないし、客からこんなものが欲しいと要望を聞くことができるかもしれない。

なにはともあれ、踏ん切りがついてこれで良かったのだ。自分で自分の背中を押してしまったけれど……。

まずは首輪と座布団を縫いながら、いろいろ考えてみましょう。

南側の座敷に猫たちを住まわせることにしよう。そうすれば、お客さんは庭づたいに入ってきて縁側から上ってもらえるし、猫たちも庭でも遊べるから。

看板を作らないといけないな。明日行ってこよう。ついでに入り用なものを買ってくるといいわよね。

でも、なるべく家にあるものですませないと。あ、でも鰹節はいるか。猫をあげるときにつけなきゃいけないんだもの。用意しておかないと。

ちょっと待って。鰹節だとありきたりっていうか、芸がない。もっと福猫屋らしいものにするのはどうかしら。

だって、鰹節って食べたら消えちゃうでしょ。何か思い出に残るもののほうがいい気がする。

猫にとっても人にとっても好ましいもの。たとえば、餌を食べる器とか。でも、アワビの殻《から》だからありがたみがない……。

簡単に手に入らないもののほうが得した気になるから。高価……なのはうちが厳しいし。

じゃあ作ってしまう？　やっぱりあまりお金がかからないほうが。ただであげちゃうんだもの。

作るなら首輪かな。でも、売ってるのと同じじゃつまらないわよね……。

「あっ！」とお佐和は声を上げた。

鈴！　鈴をつけるのはどうだろう。

鈴ならば仕事場にうちの人が遺した材料がまだたんとあるはず。手間賃は繁蔵さんに頼んで安くしてもらえば。

それに、錺《かざり》職の女房だったあたしの店にふさわしい品だと思う。そうだ！　赤で

『福』の字を入れてもらおう。

猫にも飼い主にも福が来ますようにって。『福猫屋』の『福』でもあるし。それに猫は歩き回るから、きっとお店のいい売り込みになる。

いいことを思いついちゃった。さあ、がんばろう。


五日後、お佐和は黒猫の三太《さんた》を里子に出した浅草《あさくさ》の小間物問屋森口屋《もりぐちや》の主信左衛門《しんざえもん》を訪ねた。客間で待っていると、信左衛門が三太を抱いて現れた。

「まあ、三太。大きくなって」

嬉しそうにひざに体を擦りつける三太の頭をなでながら、お佐和は涙ぐみそうになった。

「あたしのこと、覚えてくれてるの？　うれしい」

「いつもはお袋が長太《ちようた》を独り占めにしてるんだが、今日は寺参りに出かけてるもんでね。お佐和さんが会いたいだろうと思って連れてきたんだ」

「ありがとうございます。長太って、いい名をいただいたんですね」

「ああ、長生きをするようにってお袋が。でも、お袋はもっぱら『ちい坊』って呼んでいるよ」

「長太はずいぶんとかわいがられてるんですね。幸せな子だこと」

お佐和のひざにのった長太がぐるぐるとのどを鳴らす。

「もうほんとに猫っかわいがりでねえ。一日中一緒にいるもんだから、他の者はめったにさわらせちゃもらえない」

「まあ、それは……」

「来てくれてちょうどよかった。お佐和さんのところの子猫をもう一匹もらえないだろうか」

「えっ」

「いやもう、かわいい盛りの長太を見せつけられるばっかりで、このままじゃあ私たちは蛇の生殺し。私だって、子猫を抱きしめたり一緒に寝たりしたいんだ」

いつの間にか『私たち』が『私』になっている。やはり信左衛門は猫好きだったのだ。

信左衛門の申し出は、お佐和にとって思いがけないものであったが、願ったりかなったりである。

「はい、承知いたしました」

信左衛門がほっとした様子をみせる。

「ほんにありがとう。……あっ！　こりゃあ申し訳ない！　お佐和さんの用件を聞かずに自分のことばかり」

「いいえ、よろしいんですよ。あたしのお願いも猫がらみなんですから」

「猫がらみっていうと？」

「猫を里子に出して猫と人との縁を結ぶ、『福猫屋』という店を開こうと思うんです」

信左衛門は腕組みをした。

「猫をもらうのに金を払うのかい？」

「いいえ。もちろんただです。……あ、鰹節の代わりにこの首輪をつけようと思うんですけれど」

お佐和は鈴をつけた赤い首輪を信左衛門のひざの前に置いた。信左衛門が首輪を手に取り仔細に検分する。

「絹地の首輪か……。これはお佐和さんが作りなさったのかな」

「はい。お恥ずかしいのですが」

「いやいや、なかなかよくできている。さすがだね。ほう、これは良い鈴だ」

信左衛門が耳元で首輪を振ると、ちりんと澄んだ音がした。ふむふむと信左衛門が満足そうにうなずく。

「繁蔵さんに作ってもらったんです」

「繁蔵さんは隠居したと聞いた覚えがあるんだが」

「そうだったんですけれど、あたしの甥が一人前になるまで面倒をみてくださることになりまして」

「なるほどな。『福猫屋』の福か」

「それと、猫にも飼い主にも福がきますようにって。それは長太につけてやってください」

「ありがとう。お袋もさぞ喜ぶだろう」

「今日は、『福猫屋』のことをお知り合いに広めていただけますようお願いにあがりました次第です」

「『福猫屋』へ行けば猫がもらえるってことを猫好きの知り合いに教えてやりゃあいいってわけだね」

「はい。ずうずうしいお願いで申し訳ございません」

「いやいや、かまいませんよ。ただ、どうして私に頼もうと思ったんだい?」

「……最初は引き札を自分で書いて往来で配ろうと思ったんです。でも、猫に関心がない人の手にわたるのでは何の役にも立たない。それならば、猫好きの方に直《じか》にお知らせしたほうが良いと」

「なかなかどうして。道理が通っている。私の他にも誰かに頼んだのかい？」

「はい。あと、棒手振の魚屋と、豆腐屋と煮売屋に、商いに回る家で『福猫屋』のことを話してくれと頼みました」

信左衛門が手でぽんとひざを打った。

「それは良い考えだ」

信左衛門はほめてくれたが、ほんとうのところは、引き札を作るのにはお金も手間もかかるのに、無駄になるほうが多いと気づいてもったいないと思っただけなのだ。

お佐和のひたいに冷や汗が浮き出る。

「承知しました。猫好きの知り合いに話してみてあげよう。そのうちの何人かで連れ立って……そうだなあ、店開きの日にでも『福猫屋』へ行ってみるとしようか」

「ありがとうございます！」

「店はいつから開けるんだい？」

「今月の二十五日です」

「じゃあ、私の子猫もその日にもらうことにしよう。考えてみると、店に行けばいつでも猫が手に入るっていうのは、猫好きにはたまらないねえ。それに、ネズミ退治なんかで急に猫が入り用になった人にも便利なことだよ。ところで、せっかく店を開くのに、商いはやらないのかい」

一瞬、お佐和は口ごもった。

「……は、はい。猫の首輪や座布団、おもちゃなんかを作って売ろうとは思ってるんですが、まだ用意ができていなくて。お店の様子をみながら考えていこうかと。あと、お客様にどんなものが欲しいかたずねるつもりです」

「ほほう」

「子猫のうちにもらっていただかないと、すぐに大きくなりますから。それに、今いる母猫や、迷い込んでくる猫が子を産んだり、拾ったりして、子猫が増えていきますでしょう。だから、早いうちに店を開けて里子に出さないと家じゅう猫だらけになってしまうと思いまして」

「それはもっともだ。猫はあっという間に増えるからなあ。ああ、そうだ。店を始めると、引き取ってくれと子猫を連れてくる者がいるだろうから、そういう連中からは一匹いくらで金をとるといい」

「ええっ？」

「金をとらないと、皆、もらい手のない子猫をどんどん持ってくるようになる。いっぱいになって断ると、今度は家の周りに捨てていっちまう。猫の持ち込みには金をもらう形で商いという体《てい》にすれば、断ることもできるし、猫を捨てるやつはよそへ捨てるようになるだろう。だから、あんまり安値はよくない。そうさなあ……五十文ってところか」

五十文といえば、蕎麦《そば》なら三杯、団子なら十二本、米なら八合《ごう》が買える値だ。子猫は一度に何匹も生まれるから、引き取ってもらおうと思うと大金を払わねばならなくなる。

「まあ、いわゆる持ち込みや捨て猫を防ぐ方策ってやつだね」

「良いことをお教えくださってありがとうございます。あたしはただで子猫を引き取ろうと思っていました」

「そんなことをしたら、たちまち猫だらけになっちまう。あぶない、あぶない」

2

いよいよ店開きの日がやって来た。空のイワシ雲を見上げながら、お佐和は前垂れのひもをきゅっと締めた。

「いらっしゃいませ」

　庭から入って来た信左衛門ら五人の男たちに、お佐和は頭を下げた。初めてのお客に緊張してほおがこわばっている。お佐和は無理やり笑顔をつくった。

　信左衛門は上機嫌のようだ。

「もう猫をもらうと思うと楽しみでね。なんと昨夜は子どもみたいにあまり眠れなかった」

「さようですか。お知り合いをお誘いくださってありがとうございます」

「いやいや、今日は天気も良いから朝餉の腹ごなしにここまで皆で歩いたんだが、久しぶりにのんびり話ができて楽しかったよ」

「早速猫を見せてもらえますかな」

　五十がらみの小太りの男がお佐和に声をかけた。

「清兵衛《せいべえ》さん、あいかわらずせっかちだねえ。猫は逃げやしないよ」

　信左衛門の言葉に、皆がどっと笑う。

「早く行って、良い子猫をもらわないとな。せっかくきたんだから」

「今日は清兵衛さんと私が猫をもらうつもりでまいりましたので、よろしくお願いしますよ」

「承知いたしました。では、皆様どうぞこちらへ」

客たちは縁側から店へ上がった。座敷には、十五匹の子猫と、福と楽がいる。

清兵衛がすばやく子猫たちを一瞥し、さっと小太郎を抱き上げた。

「私はこの子にする」

「もう決めちまったのかい」

「もっとじっくり見たほうがいいんじゃないのか」

連れの男たちの言葉に、清兵衛はかぶりをふった。

「こいつを見たときにピンときたんだ。私は自分の勘を大切にしたい」

「清兵衛さんらしいね。さて、私はどの子をもらおうかな。長太と血がつながっていなくて、雌で、三毛じゃない。この条件に合うのはどれですか、お佐和さん」

「ええと……。この二匹です」

楽の子のキジトラとハチワレを、お佐和は信左衛門にわたした。雄《おす》同士では長太と喧嘩《けんか》になるかもしれないので雌、老母が三毛猫を亡くして悲しんでいたので他の毛色、長太との間に子ができた場合を考えてきょうだい猫は避けるということなのだろう。

「どちらもかわいいなあ……」

信左衛門が思案顔になる。

「おかみさん、この猫はどっちの猫の子ですか？」

清兵衛に尋ねられたお佐和はほほ笑んだ。

「この福の子です。私どもは小太郎と呼んでおりましたが、何か良い名を考えてやってくださいませね」

清兵衛は小太郎を抱き上げ、自分の鼻を小太郎の鼻にくっつけた。

「そうだなあ……名は、小太郎のままでよいか。お前もそのほうが慣れているだろうし。おい、小太郎。これからよろしくな」

「小太郎は、母譲りで、ネズミ捕りが上手なんですよ」

お佐和の言葉に、清兵衛が目を丸くする。

「なんと！　うちは乾物《かんぶつ》問屋でしてな。これはありがたい。皆、どうだ？　私の勘も。まんざら捨てたものではないだろう」

「では、小太郎にお決めになりますか？」

「はい、そういたします」

「では、こちらにお所とお名をお書きくださいませ」

清兵衛が筆を使っている間、お佐和は小太郎を抱いていた。これでお別れだ。幸せになるのよ。元気でね……。

「ありがとうございます。では、鰹節の代わりにお付けしているこの首輪と鈴をお持ちください。何かのご事情で小太郎を飼えなくなった折には、福猫屋でお引き取りいたしますが、どうぞ末永くかわいがってやってくださいませ」

お佐和は深々と頭を下げた。

「ありがとうございます。大切に飼いますので、どうぞご安心ください」

頭を下げた清兵衛は、押し頂くようにしてから鈴のついた首輪を懐《ふところ》に入れ、風呂《ふろ》敷《しき》包みから袋を取り出した。途端に猫たちが走り寄る。

「これは、割れたり欠けたりして、商売ものにならない鰹節です。猫たちに食べさせてやってください」

「ご丁寧にありがとうございます」

「お佐和さん、私はこの子猫を譲ってもらうことにするよ」

信左衛門がキジトラを胸に抱いている。

「やっぱり長太みたいに、三毛とは似ても似つかぬ毛色のほうがいいと思うんだ」

「その子はすごく甘えん坊なんですよ」

「それは楽しみだ。うんと甘えてくれるとうれしいねえ。名はなんというのかな」

「アヤメと呼んでいましたけれど、別の名を考えてやってくださいませ」

「まあ、名つけも猫を飼う楽しみのひとつだからそうさせてもらうよ」

お佐和が鈴のついた首輪をわたすと、信左衛門が紙包みをくれた。開けてみると、細長い端切れがたくさん入っていた。

「まあ、きれいだこと」

「知り合いの呉服屋にもらったんだ。人用には使い道がないが、猫の首輪なら作れるだろう」

「はい、十分です。ありがとうございます」

「……あのう。すまないが、この猫をもらえないだろうか」

初老の男がミオを指し示した。信左衛門が眉をひそめる。

「為蔵《ためぞう》さん、猫はもらわない、見るだけだって言ってたのに」

「そうなんだが、こんなにかわいらしいのがいっぱいいて、ころころ遊んだり眠ったりしていたら、もうたまらん」

「クマはどうなさるおつもりで？」

「うん、そのクマなんじゃよ、信左衛門さん。クマのやつ、近ごろはめっきり老け込んでしもうてな。子猫を連れて帰ったら、クマめが元気を取り戻すのではなかろうかと。おとなしいこの子ならクマの遊び相手にちょうど良いと思うのだ」

「なるほど。孫のようにかわいがるかもしれませんなあ」

「ひょっとすると、老いらくの恋なんてことになるかもしれませんよ、為蔵さん」

清兵衛の言葉に、為蔵がほほ笑む。

「それくらいになってくれるとよいんだがねえ……。あっ、急なことでお礼の品を何も用意しておらんかった。申し訳ない」

「いいえ、どうぞお気になさらず」

結局三匹の子猫が里子にいくことになった。三人が、皆いとおしそうに子猫を抱いているのを見て、残りのふたりがぼそぼそ言っているのが耳に入った。

「わしも猫がほしゅうなってしもうた」

「俺もだ。かわいいのう……」

帰って行く信左衛門たちにお佐和は深々と頭を下げた。

「ありがとうございました」

信左衛門たちの他に客は六人やって来たが、猫をもらって帰った者はいなかった。皆、どんな店なのか見に寄っただけのようである。

信左衛門のおかげで子猫を三匹里子に出すことができたが、これは店開きのご祝儀のようなもの。そんなに簡単に猫はもらわれてはいかないだろう。

気長にやらなくては。お佐和は座敷の片隅で、店番をしながら首輪を作ることにした。

店開きから三日ののち、「ごめんください」という声に、お佐和ははっとした。昼餉《ひるげ》のあと、針仕事をしながらいつの間にか居眠りをしてしまっていたようだ。

お佐和はあわてて障子を開け、縁側へ出た。

「お忙しいところ申し訳ございません。浅草の米問屋大原屋《おおはらや》からまいりました」

二十歳すぎくらいの男が頭を下げる。あいさつを返しながら、お佐和はいぶかしく思った。

大原屋ってどこかで聞いた覚えはあるんだけれど。誰に聞いたんだっけ……。

「先代の主為蔵からこちらをお渡しするようにとことづかりまして」

男が指し示した大八車には米俵が三俵積まれていた。

「子猫を譲っていただいたお礼とのことです」

「ええっ！　こんなにたくさんいただいてしまっては申し訳がたちません」

「なんでも為蔵がたいそうかわいがっておりますクマという猫が、こちらでいただいた子猫のおかげで元気を取り戻したそうでして。こんなものでは足りぬがお納めくださいとのことです」

「子猫のおかげで元気に、ですか？」

「ええ、俺が子猫を守ってやらねばと、どうやらクマは張り合いができたようだと為蔵が申しておりました」

「クマが元気になったのは、ほんにようございましたけれど、こんなにお米をいただいてしまっては」

「ご遠慮なさらずにお受け取りください。そうしていただかないと、私が叱《しか》られてしまいます」

クマを案じる為蔵の憂《うれ》い顔が、お佐和の胸によみがえった。クマが元気になってよっぽどうれしかったのだろう。

「では、ありがたく頂戴させていただきます。お帰りになりましたら、福猫屋の佐和がたいそう喜んでお礼を申し上げていたとお伝えくださいませ」

「承知いたしました」

男が帰って行ったのちも、お佐和はしばらく縁側に座って米俵をながめていた。お米三俵は、お金にすれば一両以上の値打ちになる……。

申し訳なく思うとともに、お佐和はとてもうれしかった。これも福猫屋の商いの売り上げということになるのだ。

もちろん、こんなことはめったにないというのはわかっている。でも、これを励みにがんばろう。

そうだ。亮太と繁蔵さんに米俵を見せてあげなくては。きっとびっくりするにちがいない。

店開きから十日が過ぎた。客は毎日三人くらいずつはやってくる。そして、初日の三匹を入れて六匹の子猫がもらわれていったものの、お佐和が作った首輪や座布団はただのひとつも売れていなかった。

朝、店を開ける前に掃除をするのだが、首輪や座布団のほこりをはらうたび、大きなため息が出る。商いで食べていくなんてとんでもない。持ち出しになっていないのがせめてものなぐさめだった。

なにかほかの手立てを考えなくては。店番をしながらできること……。

いっそ仕立物の内職をしようかとも思うのだが、布地の上で寝たりじゃれたり、猫たちが邪魔をするに違いない。大切な反物《たんもの》で爪《つめ》を研《と》がれたりしたら、それこそ大事になってしまう。やはり小物を作るのがせいぜいのところだ。

最初の二、三日は売れたかどうか尋ねていた亮太も、近ごろはとんと口にしない。夕餉の際も、繁蔵とふたりして福猫屋の話を避けているようだった。

気を遣ってくれているのはありがたいが、つらいものもある。我ながら不甲斐ないと思う一方で、素人《しろうと》が始めた商いが最初からうまくいくはずはないのだと、お佐和は開き直った。

まずは一年がんばってみよう。それでもだめだったらきれいさっぱりあきらめる。猫を里子に出すのは続けるが、仕事は別に探す。猫と人の縁をつないで猫に恩返しをするというのは商売抜きでもできる。

要はお佐和が自分と猫の食い扶持《ぶち》を稼《かせ》ぐことができればいいのだ。でも、それがたやすいことじゃないの……。

いけない、いけない、弱気になっちゃ。ため息ばかりついていたら幸せが逃げていってしまう。

亡くなったおっかさんの口癖だったっけ……。

3

店開きから半月が過ぎたある日の早朝。お佐和はふっと目を覚ました。あたりはまだ薄暗い。もう一度寝ようと目を閉じた瞬間、〈みゃーう〉という猫の鳴き声がした。

福だわ。お佐和は身を起こした。泥棒？　どきりとしたが、威嚇《いかく》しているのではないと気がついてほっと息を吐《つ》く。

耳をすませると楽の鳴き声もしている。子猫たちもばたばたと走り回っているようだ。

ネズミでも紛《まぎ》れ込んだのだろうか。それとも……。

ぐずぐず考えているより、見に行ったほうが早い。

猫たちは玄関に集まっていた。福と楽が外のほうを向いて座り、子猫たちはそわそわと動き回っている。

ただ、皆、外の様子をうかがっているらしいのが気になった。

「ねえ、福。外に誰かいるの？」

お佐和が声をかけると、福が振り向いて〈みゃー〉と鳴いた。外に野良犬でもいるのなら、福も楽も気が立っているだろうが、二匹とも落ち着いている。それをしないのでは、人なのか。知り合いならば、戸を叩いて呼ばわるだろう。

でも、泥棒ならば玄関の外にじっとしていたりはしない。しばらく考えたお佐和は、やはり泥棒か。

は、亮太を起こすことにした。

寝ぼけ眼《まなこ》の亮太に事の次第を話すと、たちまち真剣な表情で「俺が外を見てきます」と言ってくれた。やっぱり頼もしいと思いながらも心配になったお佐和は、亮太の背中に「無理はしないでね」と声をかける。

はずした心張棒《しんばりぼう》を握りしめた亮太が、そろそろと玄関を開けた。途端に福と楽が外に走り出る。

「こらっ！　お前たち！　危ないだろ！　家に入ってろ……あっ！」

お佐和も下駄をつっかけあわてて外に出た。

「あっ！　子猫！」

外に大きな籠《かご》が置かれ、中にはぼろ布にくるまれた子猫が入っているのが見える。

福と楽は子猫たちのにおいをかいでいる。子猫たちもみんな出てきて、興味津々《しんしん》といった体《てい》で籠の周りに集まった。

「どうしましょう。捨て猫だわ。皆まだ目も開いていない。ひい、ふう、みい……じ、十五匹もいる！」

お佐和はへなへなと座り込んだ。

「捨てたやつがまだそこいらにいるかもしれねえ。ちょっと見てきます」

「行っても無駄よ、亮太。うちの猫たちがそわそわしだしてから、もうずいぶん時がたったもの。とっくに逃げてしまったにきまってる」

舌打ちをした亮太が、悔しそうに地面を蹴《け》る。

「十五匹……。もらってくれる先、そんなにないよなあ。猫だらけになっちまいますよ、おかみさん」

「何を言ってるの、亮太。里子に出せるように育てばいいけど。こんな小さな子猫、母猫がいないと一日ももたない。皆死んでしまうわ」

「えっ」と声を上げた亮太の顔が真っ青《さお》になる。

「ふ、福や楽は、乳を飲ませられないんですか？」

「楽はお乳がまだ出るかもしれないけど、福はもう出ないと思う。楽にしたって、十五匹にもはとても無理。赤子ならもらい乳という手があるけど、猫は聞いたことがないし……。ああ、困った」

驚きが去ると、お佐和の胸に怒りがわいた。いったいどこの誰がこんなことを。子猫たちが死ぬしかないことがわからなかったのだろうか。

猫の命だって、命にはかわりがない尊いものなのに。くちびるをかみしめたお佐和ははっとした。

長月《ながつき》にはいってから、朝晩は冷え込むようになってきた。生まれて日がたっていない子猫たちには寒すぎるに違いない。

家の中に入れて、あたためてやらなくては……。お佐和は子猫が入っている籠を胸に抱いた。

おや？　持ち重りがする籠に、お佐和は小首をかしげる。子猫たちがくるまっているぼろきれの中に手を入れてみると、思いのほか温かいことに驚く。

……これは温石《おんじやく》。しかも、熱すぎもせず、ぬるすぎもせず、ちょうどよい加減だ。

こんな心遣いをするくせに、どうしてむごいことができるのだろう。また怒りで胸が沸《わ》き立ちそうになって、お佐和はかぶりをふった。今はそれどころではないのだ。

とりあえず子猫の籠を店に置き、身支度を整えたお佐和はかまどに火をおこした。鍋に水と米を入れて火にかける。

重湯《おもゆ》を作って子猫たちに与えるつもりなのだ。一時しのぎにしかならないだろうが……。

お佐和は店に戻り、雨戸を開けた。暗いと気がくさくさしていけない。

子猫たちは身を寄せ合い、ぴったりくっついて眠っている。そのうち腹を空《す》かせて目を覚まし、鳴き始めることだろう。

だが、いくら鳴いても母猫はいない。そのうち鳴き疲れて眠り、また鳴き……。そしてやがて一匹、一匹と冷たくなってしまうのだ。

この子たちは皆死んでしまうんだわ……。お佐和の目から涙があふれ、ぽとりと子猫の上に落ちた。あわててお佐和は涙をぬぐう。

「あきらめちゃだめ。ごめんね。なんとかお乳をくれる猫を探すから」

とりあえず、楽に頼んでみよう。福だって子猫に吸われたら、お乳が出るかもしれない。

福と楽を探すと、二匹とも障子の前に座っている。

「福、楽、ちょっとこっちに来てちょうだい」

福が障子を開けようとしている。用を足したいのだ。お佐和は急いで障子を開けた。

福が縁側から庭に飛び降り走り去った。楽もあとに続く。用を足すようにと、砂を入れた木箱を台所の土間の隅に置いているのだが、外のほうが気持ちがいいのだろう。

〈みやっ、みやっ〉〈にゃー〉〈みゅー〉〈にー〉〈みゃあうー〉

福と楽の鳴き声に交じって、違う猫の鳴き声がする。喧嘩をしているわけではないようだ。

野良猫が入り込むのはよくあることだった。乱暴だったり、気が合わない猫は福や楽が追い払ってしまう。気が合う猫とは庭で遊ぶ。中には座敷に上がり込んで、ちゃっかり餌まで食べていくのもいる。

だが、大人の猫で居ついたものはいない。飼われている猫は当然家に帰るし、野良猫は野良猫で自分の縄張りがあるのだろう。

鳴き声がだんだん近づいてきたと思ったら、猫が走ってくるのが見えた。全部で五匹いる。先頭は福と楽だ。

猫たちはぽんっと縁側に飛び上がり、そのまま座敷へ走り込んだ。新顔の三匹の猫はお佐和に目もくれず、一直線に子猫が入った籠に向かった。

猫たちが鳴きながら子猫を懸命になめ始める。ひとしきりなめると、一匹が子猫をくわえ上げた。

　急いでお佐和は日ごろ猫たちが使っている籠に座布団を敷いた。思った通り猫は座布団の上に子猫を置くと、すぐに次の子猫を運んできた。

　もう一匹の猫が子猫をくわえてうろうろしていたので、お佐和はもうひとつ籠を出してやった。

　三匹目の猫は、他の二匹が子猫を運び出したあとの籠にすまし顔で座った。

　お佐和は襖《ふすま》を開け、「亮太！」と叫んだ。

「どうしたんですか！」と言いながら座敷に駆け込んで来た亮太が「あっ！」と声をあげる。

「子猫がお乳をもらってる！　どこの猫ですか？」

「わからないけど、たぶん母猫だと思う。きっと子猫のにおいを頼りにここを探し当てたんでしょうね」

　必死に追いかけてきたのだろう。なんていじらしい……。

　ああ、これで、子猫たちが死なずにすむ。うれしいのとほっとしたのとで涙があふれた。

「よかった。ほんとうによかった」

「お前らよかったなあ、おっかさんが来てくれて……あれ？　なんだかこげくさいにおいがする」

「いけない！」

お佐和は泣き笑いの顔で台所へ走った。こげちゃったけど、もう重湯もいらないものね……。

この日から、お佐和はてんてこ舞いの毎日を送る羽目になった。もともといた子猫九匹、親猫二匹に加えて、子猫十五匹、親猫三匹が加わったのだ。

子猫二十四匹、親猫五匹の総勢二十九匹で、三倍近くに増えたことになる。

乳《ち》飲《の》み子を抱えた親猫三匹が落ちついて過ごせる居場所をそれぞれ作ってやり、面倒をみる。親猫に滋養のあるものを日に何度も食べさせ、体をふいてやり、寝床の敷き布を毎日洗う。

もとからいる猫たちの餌やり、子猫が粗相《そそう》をした布類の洗濯、用を足す木箱の掃除……。そして福猫屋を訪れる客の相手。一匹でも多く子猫を里子に出したいので、店を休むわけにはいかなかった。

さらに、自分たちの朝昼晩の食事の支度と洗濯。買い物にも行かなくてはいけない。

「おかみさん、この魚をほぐしたのと飯を混ぜたの、もしかして猫の餌じゃないんですか？」

亮太に皿を見せられてお佐和は大慌てであやまった。

「ごめんなさい！　猫たちの餌が入った大鉢をそばに置いてたもんだから、間違ってよそっちゃったみたい」

「お前は修業中の身なんだから、出されたものを黙って食え」

「……味がついてねえから生臭くって」

「醬油をかけろ」

「そんなあ……」

「大丈夫よ。今、おかずを持ってきてあげるから」

「すみません、ありがとうございます」

「ううん、悪いのはあたし。ごめんね」

「お佐和さん、だいぶ疲れてるようだが、大丈夫かい」

「ありがとうございます。子猫たちが大きくなるまでの辛抱ですからがんばります」

台所へサバの塩焼きを取りに戻りながら、お佐和は反省した。猫たちの世話にかまけて、家事がおろそかになってしまっている。

買い物に行く暇がないせいで、魚や豆腐ばかりで青物をあまり食べていない。煮売屋のおかずは手軽だが飽きがきてしまうし、家計的にあまりよろしくない。

〈にゃあ〉

台所の隣の板の間に寝そべっていたサクラが、走り寄ってきてお佐和の足に体をすりつけた。

「あ、そうだ。サクラ。あんたこのご飯食べる？」

亮太に出してしまっていた皿をサクラの前に置いてやると、サクラは大喜びで食べ始めた。お佐和はサクラの頭をそっとなでた。

「育ち盛りだものねえ。たんとお食べ」

福の子で残っているのはこのサクラだけになった。お佐和は福の子猫のうち雌を一匹手元に置こうと思っていたのだが、ミオが米問屋の先代主為蔵にもらわれたので、サクラをずっと飼うことになったのだ。

ネズミ捕りが上手な福の血筋を絶やしたくないというのがその理由だ。お佐和の見たところ、ネズミ捕りの技は、母から子へと受け継がれているようだ。

雌の子猫を残しておけば、血筋と技の両方が代々伝わっていくはずである。

それにしても、十五匹の子猫をいったいどこの誰が捨てたのだろう。その人のおかげで今、お佐和は大変な目にあっている。つかまえて文句のひとつも言ってやらなければ胸がおさまらない。

それに、あの日は子猫たちがこれで飢え死にしないですむと、うれしいのと安堵したのとで深く考えなかったが、親猫の現れ方もひっかかる。親猫は、お佐和が子猫を家の中に入れてからやって来た。

もし、子猫と親猫を同時に捨てていたとしたら、親猫はすぐに籠から子猫をどこかへ運び出し、自分も身を隠してしまっていただろう。だが、捨てられた飼い猫が子を育てながら生きていくのは大変な困難が伴う。

親子ともども死んでしまったかもしれない。捨てた者はそれを避けたかった。つまり、子猫と親猫を一緒にお佐和に引き取らせたかったのだ。

そうすると下手人《げしゅにん》は袋にでも親猫たちを入れておき、お佐和が子猫の入った籠を家の中に入れたのを確かめたのちに親猫を放したとも考えられる。

それだと亮太が探しに行っていたら、下手人をつかまえることができただろうか。

いや、でも……。

下手人と出くわした亮太が危ない目にあっていたかもしれない。かまわずにおいてよかったのだ。

なんにせよ身勝手だ。ああ、もう考えるのはよそう。腹が立つばかりだもの……。

あっという間にサクラは餌を平らげ、満足そうに前足で顔を洗っている。

今のところ、魚を食べる猫は乳飲み子の十五匹をのぞく十四匹。大人の猫は五匹だが、そのうち三匹は産後でもあるし子らに乳もやっているので非常によく食べる。また、九匹の子猫たちも体が大きくなる時期なので結構な量になる。

なので餌代を少しでも安くあげるために、お佐和は魚の棒手振の与七《よしち》に、朝と昼の二度来てもらうことにした。朝は人が食べる魚を買い、昼は売れ残った魚を買って猫たちの餌にする。

与七は、売れ残りを全部お佐和が買うので、大喜びで安くしてくれる。魚がたくさん手に入って余ったときには、焼き干しにしてとっておき、猫たちにおやつとして食べさせたり、人の煮物や汁物の出汁《だし》をとるのに使ったり、もちろんそのまま食べたりしていた。

もっと寒くなったら、燗酒《かんざけ》に焼き干しを入れて骨酒《こつざけ》にするのもおいしいとのことだ。ちょっと呑《の》んでみようかな……。

　ある日、与七が連れとともにやって来た。藍《あい》色の筒袖《つつそで》の着物を尻端《しりば》折《しょ》りにして股引《ももひき》をはき、青物を担いでいる背の高い男だった。与七も背が高くてがっちりした体つきだが、連れの男のほうは細身である。

「こいつは前栽売《せんざいうり》のお縫《ぬい》」

　あら、女の人だったのね。お佐和は少なからず驚いたが、顔に出さぬよう気をつけた。

　お縫はかぶっていた笠を脱ぎ、黙って頭を下げた。つややかな髪をうしろで無造作に束ね、よく日に焼けてはいるが、切れ長の目が印象的な凛々《りり》しい顔立ちをしている。

　姿の良い人だと見とれてしまっていたお佐和は、あわてて礼をした。

「おかみさんが、子猫が十五匹も捨てられてたおかげで、忙しくて買い物に行く暇がないって嘆いてたからお縫に声をかけたんです。こいつとは商い先でよく行き合うんだけど、最近この辺《あた》りも回るようになったって聞いたので」

「まあ、ありがとう、与七さん。おかげで大助かりだわ。お縫さん、どうぞよろしくね」

　お縫が「はい」と言って頭を下げる。お佐和は青菜とニンジンとゴボウを買った。

うれしい。これで毎日青物を食べることができる。今日は久しぶりに青菜の胡麻和《ごまあ》えを食べよう。余裕があればニンジンとゴボウできんぴらも作っておきたい。

「お縫さんのお住まいはどちら？」

「巣鴨《すがも》村です」

「もしかして農家なの？」

「はい」

「与七さんにも頼んでいるんだけど、お縫さんの知り合いや青物を買うお客さんに、子猫をいらないかって聞いてみてくれる？」

「承知しました」

「ごめんなさいね」

「いいえ」

「あ、そうだ。俺は魚屋だからだめだけど、お前ん家《ち》は農家なんだから、ネズミ除《よ》けに猫飼えよ」

「あたし、猫苦手なんだ。子どものころ引っかかれたから」

「ちぇっ、だらしがねえなあ」

「いいのよ、無理しないで。大丈夫だから。与七さんもお縫さんもありがとう」

それから、お縫は毎日商いに来てくれるようになった。お佐和は大喜びである。

「お縫ちゃんのおかげで買い物に行かなくても青物が食べられて、とっても助かってるの。ありがとう」

お縫が軽く会釈をする。あいかわらず無口だなあとは思うが、嫌な気持にはならない。猫の毛色が皆違うように人もそれぞれだ。

それに、くちびるの端にうっすら笑みが浮かんでいるように見える。お佐和の胸のあたりがぽわりとあたたかくなった。

お佐和は台所で饅頭と麦湯を出した。「ありがとうございます」とお縫がつぶやく。

お縫は饅頭をふた口でたいらげ、麦湯をごくごくと飲んだ。

「あ、そうだ」

お佐和は鍋のふたを開け、小皿にニンジンとゴボウのきんぴらを取り分けた。箸をつけて折敷《おしき》に置く。

ごま油の香りがあたりに漂った。

「よかったらこれもどうぞ。さっき作ったの」

きんぴらをひと口食べたお縫の口から「おいしい！」という声がもれた。お佐和はほほ笑みながら、麦湯のお代わりをいれた。

「ごちそうさまでした」

深々と礼をしたお縫が「ぎゃっ！」と叫んだ。サクラがお縫の足に体を擦《こす》りつけている。

隣の板の間の座布団で寝ていたのだが、目が覚めたのだろう。そういえばお縫ちゃん、猫が苦手って言ってたっけ。

お縫は大きく目を見開き、ふるえながら棒立ちになっている。すくんでしまって動けないのかもしれない。

「あら大変。ごめんなさい」

お佐和は急いでサクラを抱き上げた。ものすごい勢いで、お縫が荷を担いで裏口から走り出る。

「お縫ちゃん、よっぽどサクラが怖かったのね。これからは気をつけなくっちゃ。まさか来てくれなくなったりしないわよね……」

次の日もお縫はいつも通りにやって来たので、お佐和は胸をなでおろした。ただし、裏口から中に入ろうとしない。

「大丈夫よ。猫が来られないように板戸を閉めてあるから」

あたりを見回しながら、へっぴり腰でそろそろと台所へ入ってくるお縫の様子に、お佐和は必死に笑いをこらえた。

4

捨て猫騒ぎからひと月がたった。十五匹の子猫たちは、母親から離れて子猫どうしで遊ぶようになっている。

福の子は五匹、楽の子は六匹だったが、福の出産がふた月ほど早かったため、福の子猫たちに手がかかる時期が終わってから楽の子たちの番というようにずれていたのでまだ助かっていた。それに加えて全部で六匹の子猫を拾って育てているが、皆、楽の子どもたちの手が離れてからのことだ。

それが今度は全部が同じくらいに生まれているおかげで、やんちゃ盛りで手がかかる子猫が十五匹も家の中にいる。もうこれは忙しいなどという生易しいものではない。

毎日が戦場《いくさば》のようなありさまだった。乳飲み子時代がなんと懐かしいことだろう。

はじめはふた部屋を続き間にして、十五匹の子猫と三匹の親猫を住まわせていた。障子の少し高いところの紙を一ヵ所切り取って、親猫だけが外と内を行き来できるようにしていたのだ。

それが近ごろでは、子猫たちがかじったり、引っかいたりして障子紙をぼろぼろにしてしまい、どこへでも行き放題になってしまった。

かくして子猫たちは、家じゅうのありとあらゆるところで遊び、喧嘩をし、眠り、粗相をし、吐き……と狼藉《ろうぜき》の限りを尽くしている。

お佐和は雑巾《ぞうきん》を片手にひたすら掃除をして回った。洗濯の量も一気に増えた。

そして皆が首輪に鈴をつけているので、ずっと鳴り通しのチリチリという音がうるさ過ぎて、頭が割れてしまいそうだ。

さらに餌やりが大変だった。子猫たちも、もう皆親猫と同じものを食べる。したがって、五匹の大人猫、三匹の中猫、十五匹の子猫の餌を用意しなくてはならない。

近ごろは見かねて、魚を刻《きざ》んで煮たり、焼き干しを作ったりなどは、棒手振の与七が手伝ってくれるようになった。涙が出るほどありがたい。

ありがたいといえば、家事がおろそかになっても文句ひとつ言わない亮太と繁蔵にも、お佐和はいつも心の中で手を合わせていた。

あとひと月すれば、子猫たちも乳離れして里子に出せるようになる、それまでの辛抱だった。与七やお縫、森口屋の信左衛門たちの尽力で、半分近くの子猫のもらわれ先がすでに決まっているのだ。

もうひと踏ん張り……。

そんなある日のこと、いつも通りお縫が青物を売りにやってきた。青物といってもそのままではなく、煮しめ用に大根とニンジンを切ってくれていたり、青菜をゆでてくれていたりと、できるだけお佐和の手間がかからないように気遣ってくれている。お縫はその分早起きをしているに違いない。申し訳ないと思いながらも、お佐和はお縫の好意にすがってしまっていた。

「何か手伝いますよ」

あいかわらずぶっきらぼうだが、優しいことを言ってくれる。

「それじゃあ、お言葉に甘えて。猫たちの餌の器を洗うのを手伝ってくれる？」

「はい」

「ありがとう！　すごく助かる。じゃあ、こっちへ来て」

お佐和はお縫を井戸端へ連れてきた。水を張った桶に、猫たちが使った餌の器（アワビの殻）をつけてある。

「ごめんね、水が冷たいのに」

「青物を洗うので慣れてますから」

お佐和とお縫は並んでしゃがみ、器を洗い始めた。

「一匹ずつ別の器なんだ」

「そうなの。大鉢にでも入れて一緒に食べさせると楽なんだけど」

いったん言葉を切ったお佐和は、ほおにはねた水を袖でぬぐった。

「それだとどの子がどれくらい食べたかわからないでしょ。食べるのが遅い子や弱虫は食べはぐれちゃうだろうし。体の調子が悪くて食べられない子にも気づいてやれないし」

「大事にしてるんですね」

「飼うからにはそれなりにちゃんとしないと。できるだけ元気で丈夫な猫に育てて里子に出したいの」

それっきりお縫は口をつぐみ、黙々と器を洗っている。お佐和はお縫のおやつに何を出そうかと思案しながら手を動かした。

お饅頭もおいしいけれど、洗い物をしてもらって体が冷えちゃうだろうから、あたたかいものがいいわよね。お雑炊《ぞうすい》にしようかな。

お揚げとネギを刻んでお醤油で味をつけて、与七さんが作ってくれた焼き干しをちぎって入れよう。

考えにふけっていたお佐和は、白っぽいものが目の端に映った気がしてふり返った。子猫たちの母親のうちの一匹、三毛のモミジだ。

モミジは嬉しそうにお縫の背中に顔を擦りつけた。

〈にゃーん〉

「うわっ」と叫んだお縫が逃げ出した。追いかけて行ったモミジが大喜びで足にじゃれついている。

お佐和は不思議に思った。モミジは人に慣れない猫で、毎日世話をしているお佐和ですら、ひと月たってやっとなでさせてくれるようになったのだ。

初めて会った人にこんなに懐くはずがない。……ひょっとして。

立ち上がったお佐和は、モミジから必死にはなれようとしているお縫に向かって言った。

「お縫ちゃん、うちのモミジと知り合いなんでしょ？　この子は誰にでも愛想をふりまく子じゃない。それなのにこんなにうれしそうに体をすりつけるだなんて。お縫ちゃんの猫嫌いっていうのもきっとうそよね」

お縫の顔が真っ青になった。どうやら図星だったらしい。

お佐和の前に来ると、お縫はいきなり土下座《どげざ》をした。

「すみません。親猫三匹と子猫十五匹をここに捨てたのはあたしです。ほんとうにごめんなさい！」

「ええっ！　……あらあらまあああ」

お縫が顔をおおって泣き出したのだ。時折嗚咽《おえつ》が漏れる。

お佐和は優しくお縫の背をなでた。

「泣かなくてもいいのよ。お縫ちゃんのことだもの。きっとなにか深い理由《わけ》があったんでしょ。中で聞かせてちょうだい」

台所に戻ったお佐和はお縫に熱い麦湯をいれてやった。

「はい、まずはこれを飲んで」

お縫は素直に麦湯をひと口飲んだ。

「……うちの村に猫好きのおじいさんがいて、三十匹近く飼ってたんですが、ひと月前急に亡くなってしまったんです。そのおじいさんはひとり暮らしだったので、猫たちだけが残されました」

お縫がほうっと息を吐き、湯呑みを握りしめた。

「あたしは猫が大好きで、おじいさんと付き合いもあったから、一生懸命猫のもらい手を探しました。そして、どうしても引き取り手のない身重の三匹をうちで飼ってたんです。そのうち子猫たちが生まれると、おとっつぁんは子猫を全部川に流せの一点張りで、いくら頼んでもきいてくれません。でも、絶対に子猫たちを死なせたくなかったので、ここなら育ててもらえるかもしれないと思って家の前へ置き去りにしてしまいました。身勝手なことをしたと思っています。ごめんなさい……」

号泣するお縫に、お佐和はもらい泣きしそうになった。どんな思いでお縫が福猫屋に猫たちを託したかよくわかったからだ。

それにお縫は、精一杯お佐和を手助けしてくれているではないか。叱る気にはとてもなれなかった。

「お縫ちゃんの事情はよくわかった。許してあげるから、もうそんなに泣かないの」

「えっ……」

「でも、おとがめなしってわけにはいかないわね」

「どんな罰でもうけます」

「じゃあ、うちで働いて、お縫ちゃんが捨てた猫たちの面倒をみてちょうだい」

「ありがとうございます！　さっそく明日から来させてもらいます」

「えっ。そんなにすぐで青物の商いのほうは大丈夫なの？」

「はい。甥っ子や姪っ子たちに代わってもらいます」

次の日より、お縫は早朝から夕方までお佐和のもとで働くことになった。猫好きと言うだけあって猫の世話にもそつがなく、お佐和は大助かりだ。

お縫は二十三だそうで、お佐和とは歳がちょうどひとまわり違う。山のような汚れ物を次々に洗って干していくお縫を見ながら、若いってことは元気だってことよねとしみじみ思うお佐和であった。

ちなみにお縫は大飯食らいだ。ひょっとすると亮太より食べるかもしれない。これだけ体を動かしているのだから当然だろう。

とてもよい食べっぷりなので、作り甲斐があった。松五郎と弟子たちと、にぎやかに暮らしていたころが懐かしくなる。

ひとりで奮闘していたときは、半ば気絶したように眠り、朝は夜具から這《は》い出るようにして起きていた。いつも眠たくて、頭がぼうっとしていたものだが、お縫が来てくれてからは、十分眠ることができていてありがたい。

眠りに落ちる前のひととき、夜具にくるまってあれこれ考え事をするのが、近ごろのお佐和のならいである。

それにしても、お縫の村の猫好きの老人のことは身につまされる。同じ轍《てつ》を踏まないようにしなければ……。猫が増えるのは、何も捨て猫だけではない。

たとえば、今いる五匹の母猫たちが一斉に子猫を産んだら三十匹近くになってしまう。福の子のサクラだって、じきに子猫を産むようになる。

だから、必ず雄猫は小さな子猫のうちに里子に出すことにしよう。幸い雄猫を欲しがる人は多いのでなんとかなるだろう。

もらわれずに大きくなった雄猫は、雌猫と離して住まわせなければならない。物置を雄猫の住まいにしようか……。

そして雌猫も大人にならないうちにもらい手を探さなければ。うちにいる雄猫は雌猫から遠ざけることができる。でも、外にいる野良猫やよその家の猫はそうはいかない。

さかりがついているときは外に出さないつもりでいるが、きっとすきを見て逃げ出してしまう。猫はあっという間に増える。お縫の村の猫好き老人も、きっと最初は一匹とか二匹とかだったのが増えてしまったに違いない。

猫が増えすぎても捨てるわけにはいかない。限度を超えてしまったら、お佐和も猫たちも共倒れになってしまう。

福をはじめとする親猫も子猫も、野良猫のままでいたら、弱ったり育たなかったり、中には死んでしまったものもいただろう。暖かい家に住み、何の苦労もなく餌をもらえて暮らしていけるのは、やはり幸せなのだ。

いろいろ難しいこともあるが、くじけずに猫の里親探しをがんばっていこう。あと、これが一番大事なことかもしれないが、お佐和自身が体をいとい、元気でいなければいけない。亡き夫松五郎のように急死してしまったのでは、たくさんの猫たちが路頭に迷ってしまうのだから。

今回の捨て猫騒動だって、誰か手伝ってくれる人を雇えばよかったのだ。どうやらお佐和は、亮太や繁蔵に啖呵《たんか》を切った手前、自分がやらなければとむきになっていたように思われる。お縫が来てくれて初めてそのことに気がついた。

手助けをしてくれる人がいるというのはとてもよいことだ。体が楽なのはもちろん、気持ちが軽くなる。

お縫ちゃんがあたしの片腕になってくれるといいんだけれど……。お佐和はふと、そんなことを考えた。

5

お縫がこくりとうなずいた。

「あれ、お縫さん。今日は泊まるんですか？」

亮太が目を丸くする。アサリとセリと油揚げの炊《た》き込みご飯をほおばりながら、お縫がこくりとうなずいた。

今日の夕餉《ゆうげ》のおかずは焼きサンマだ。脂がのっていてたまらない。それと豆腐とワカメの味噌汁。

「最後に来たお客さんが子猫を選ぶのに時がかかってしまって、猫たちに餌をやるのが遅くなっちゃったのよ」

お佐和はかねてからの考えを言ってみることにした。

「お縫ちゃんが手伝ってくれるようになって半月が過ぎたけれど、お縫ちゃんさえよかったら、住み込みで働いてもらえないかしら」

「それは福猫屋の奉公人として雇うってことかい？」

繁蔵にたずねられて、お佐和は「ええ」と応えを返した。

「給金は年三両二分」

お縫は茶碗と箸を置き、きちんと頭を下げた。

「どうぞよろしくお願いいたします」

「おいおい、おとっつぁんには相談しなくていいのかい」

心配そうな繁蔵に、お縫は「はい」と答えた。

「常日頃からおとっつぁんには、『ちゃんとしたところで働くのなら、お前の好きにしていい』って言われてるので」

「ほう……」

「ああ、よかった！　ありがとう。こちらこそよろしくね」

お縫が奉公人になってくれたことで、お佐和はうれしいと同時に、しっかりしなくてはと身が引き締まる思いだった。

「やめたいときはそう言ってくれればいいのよ。たとえば、お嫁にいくとか……」

「あたし、誰とも夫婦《めおと》になる気はありませんから」

背が高いのを気にしてのことだろうか。悪いことを言ってしまったのかもしれないと、お佐和は一瞬どきりとした。

「『女三界に家無し』は嫌だなと思って。せっかくだから、お金を稼いで誰にも頼らず自分の力で自分のために生きていきたいんです。青物を売って歩いていたのも、実家の手助けっていうのもあるけど、自分の食い扶持を稼ぐためで。あと、少しずつお金を貯めて、何かを始めるときの足しにするつもりでした」

「ほう、そいつぁあなかなか見上げた根性だ」

「やりたいことはあるの？」

「いいえ。でも、福猫屋で働くのは楽しいし面白いです」

あまり笑わないお縫が、そんなふうに思ってくれていることがお佐和の胸にしみた。それに、誰にも頼らないで自分ひとりで生きていくと決めているのも頼もしかった。

捨て猫騒ぎで棚上げになっていた商いのことも、もっとよく考えてみなくては……。

「あのう……。お縫さんの住み込みって、まずいと思うんです」

「えっ」と皆の声がそろう。一斉に見つめられて、亮太が顔を赤くした。

「どこがどうまずいんだい？」

「えっと親方……俺とお縫さんがひとつ屋根の下で一緒に住むなんて、絶対にまずいです」

「どこがどうまずいのか話してみな」

「ま、間違いがあってはいけないかと」

「ははあん、亮太が間違うってこったな」

「いいえ！　俺は、絶対にそんなことしません！」

「そんなことってどんなことだ？」

「え、あの、その……わかりませんっ！」

「なにをひとりで力み返ってるんだ。馬鹿だなあ」

「親方。だって、俺、惚《ほ》れられやすいんですよう。特に年上の女子《おなご》には」

「あ、前に言ってたやつか。いや、でも、まさか……。えっ、そういうことなのか？」

「だから間違いを犯すのは俺じゃなくて」

〈ゴツン〉

「痛《い》ってえ！」

亮太が頭を押さえた。お縫がいきなり拳骨《げんこつ》を食らわせたのだ。

「つまんねえことを言うんじゃないよ！」

なぜか繁蔵が「ひえーっ！」っと声を上げた。亮太は頭を押さえたまま固まってしまっている。

「……ああ、口より先に手が出る性分なんだ。ごめん」

亮太にうらめしそうな目で見つめられ、お縫はため息をついた。

「あたしは、女ひとりの六人兄妹《きょうだい》の末っ子で育った。亮太は弟みたいなもんだ。弟ができてうれしいけど、好きになったりはしない。これでわかった？」

「あ、はい……。どうもすみませんでした」

なぜだか亮太は急にシュンとして、のろのろとサンマの塩焼きに箸を伸ばした。

「なんでえ、お縫ちゃんにふられてがっかりしてるのかい」

「い、いいえ、そんなことは。俺も姉ちゃんがいないから姉ちゃんができてうれしいです」

「じゃあこれからよろしく、亮太」

「はい……」

突然、亮太が猛然と炊き込みご飯を食べ始めた。大口をあけて飯を詰め込み、たちまちのどにつっかえて、胸をどんどんとたたく。

お縫が亮太の湯呑みに麦湯をいれてやっている。心の中でお佐和はつぶやいた。

『恋わずらいにかかる暇もなく、あっという間にふられちゃったわね……』

第三話　ねこづくし

1

「これ、起きなさい」

お佐和は眠りこけている子猫の頭をつついた。子猫はぐっすり寝入ってしまっていて、目も開けようとしない。

霜月《しもつき》も半ばを過ぎ、ずいぶん寒くなった。猫たちは温石《おんじゃく》を入れた籠で体を寄せ合って眠っている。

まるでおしくらまんじゅうのように籠にぎゅうぎゅうにつまった子猫たちを見ながら、お佐和はほほ笑んだ。

お縫が朝と晩に、ちょうどいい塩梅《あんばい》の温石を用意して入れてやっている。部屋を暖かくしていても寒がりの猫たちは籠に入りたがり、猫じゃらしで誘っても遊ぼうとしなかった。

しかし、寝姿が愛らしいともらわれていく猫は多い。どうやら、寒くなると人は猫と一緒に眠りたくなるらしかった。

お縫が福猫屋の前にやむを得ず捨てた十五匹の子猫たちは、ありがたいことに全部里子に出すことができた。もとからいた子猫たちも、サクラ以外皆、もらわれた。

驚いたことに、楽と十五匹の子猫たちの母猫のうち二匹にも飼い主が見つかった。楽は、死んだ猫と姿かたちもしぐさもそっくりだから生まれ変わりに違いないと大喜びでもらわれ、母猫たち二匹は、親子を離れ離れにするのはかわいそうだということで、子猫と一緒に新しい家へ行った。

十五匹の子猫たちの親猫の残り一匹であるモミジはあまり人慣れしない猫で、怖がって店にもでないため当然もらい手はなく、モミジが唯一懐いているお縫の飼い猫として福猫屋で過ごすこととなった。

したがって、今家にいる猫は福とサクラ、モミジ、そして餌にありつけずがりがりにやせているのを見かねて連れてきた母猫とその子四匹、そして拾われた子猫八匹。猫にさかりがつくのは日が長い間で、子は母猫のお腹にふた月くらいいるので、子猫が生まれるのは春の半ばくらいから冬の初めごろになる。

このことからすると、冬は里子に出す子猫が少なくなる勘定だ。お正月は少しのんびりできるかもしれない。

お正月が明けると夫の松五郎が亡くなって一年になる。まさか福猫屋を開くことになるなんて……。大きく変わった自分の境遇を思い、お佐和は感慨深かった。

あの世でうちの人はどう思っているだろう。あきれているだろうか。

お佐和は小さくかぶりをふった。きっと『まずはやってみることだ。がんばれよ』と、にこにこしながら見守ってくれているに違いない。

『子猫地獄』からようやく抜け出したお佐和は、お縫を奉公人として雇ったのを機に、福猫屋でどうやって商いをしていくかをあらためて考えることにした。

まずはネズミ捕り。これは福とその子であるサクラを一日百文で貸し出している。得意先は長屋や、菓子屋や飯屋などの食べ物商売の店だった。

毛が飛んで売り物にくっついたり、いたずらをしたりするので、猫を飼っていない食べ物商売の店は多い。しかも、そういう店ほどネズミが居つきやすい。

そこで福とサクラの出番となるのだった。それぞれが月に五、六回ネズミ捕りに出《で》張《ば》っている。

お佐和が繁蔵の長屋で見たときのように、福はいつも一番大きくて太ったネズミを一匹だけ捕らえて食べる。親玉をやられた残りのネズミたちは危機を感じて逃げ去り、結果としてネズミがいなくなるのだった。

サクラはまだ幼いせいかそれとも性分なのか、手当たり次第にネズミを狩る。そこにいるネズミをすべて取り尽くさないと気がすまないらしい。

捕まえたネズミの死体を置いては狩りに行き、また置いては行くというのを繰り返す。先日の老舗《しにせ》の菓子屋ではなんと十二匹捕らえたとのことだった。

福のほうは尻尾だけで死体が見えないというので好まれ、一方のサクラは成果が目に見えて良いと人気があった。人それぞれである。

お佐和自身は、積み上がったネズミの死体を見るのは気が進まないので、どちらかというと福派だ。

そして、商いの軸となるはずだったお佐和が作る品、首輪と座布団はやはりまったく売れなかった。ひとつくらい売れてもよいようなものだが全然だめなのである。

たまに手に取って眺める客がいると、心の中で『買ってください。お願いします』と念じているのだが、ただの一度も願いがかなったためしがない。

このままでは埒が明かないので、やはりもっと他の物を作ってみることにした。猫じゃらしである。

まずはエノコログサを二十本ほど取ってきて茎をつけた状態で干しておく。しかし、猫がじゃれつくとすぐに房がちぎれてしまった。ちぎれたものを猫が飲み込んでのどにつまりでもしたら大事になる。ということでエノコログサの猫じゃらしはやめになった。

ある日朝餉の支度をしていたお佐和は、どたどたと走り回る音と猫が興奮している鳴き声を耳にして、座敷をのぞいてみた。掃除中の亮太が、はたきで子猫たちと遊んでいる。

跳びついてもぎりぎり届かない高さで亮太がはたきを振ると、子猫たちはそれぞれてんでに跳んでは落ちを繰り返す。皆が無念そうにはたきを見上げた次の瞬間、亮太ははたきで畳をすーっとなでた。だだだっと音をさせ、子猫たちがはたきについて走る。子猫がはたきを捕らえそうになった途端、亮太ははたきを持ち上げた。

そのとき、茶色いかたまりがはたきに跳びついた。どこからともなく現れたサクラである。

驚いた亮太が思わずはたきを取り落とすと、サクラが布の部分をくわえて走り去った。大喜びの子猫たちがあとに続き、亮太があわてて追いかける。

「おいっ！　待てよ、サクラ！　俺も仲間に入れてくれ！」

もしかすると、亮太よりサクラのほうが利口なのかもしれない……。

「あっ！」とお佐和は声をあげた。小さなはたきを作って猫じゃらしにするのはどうだろう。

首輪を作った余り布を細く裂いて使えばいい。猫が噛んで引っ張ってもはずれないように糸でしっかり竹の棒にくくりつければ安心よね。

そうだ！　布をできるだけ細長くすると、ひらひらして猫が喜ぶ。もしかすると、布はたくさん使わなくてもいいのかもしれない。

「お縫ちゃん、小さいはたきみたいな猫じゃらしを作ってお店で売ろうと思うんだけど」

「きっと猫は大喜びですよ。棒を長くするのはどうでしょう。興奮した猫に引っかかれずにすむし」

「それはいい考えね。さすがはお縫ちゃん。あ、でも。布はあるんだけど、竹の棒はどうしよう」

「巣鴨《すがも》の実家の近くの竹やぶで取ってきます」

「わあ、ありがとう。よろしくお願いね」

次の日の早朝巣鴨村へ帰ったお縫は、夕方遅くに戻った。

「まあ、こんなにたくさんの竹の棒。ありがとう」

「いいえ、どういたしまして。あと、これも使えるかもしれないと思って」

お縫が懐から取り出した袋には、鶏の羽根がたくさん入っていた。

「鶏小屋に落ちてたのを集めてきました。これを三枚くくり合わせたのを、糸を長くして竹の棒の先につけたら猫じゃらしになるかなと」

「いいわね！　猫が好きそうだもの。……羽根だけより、少し重さがあったほうが遊びやすいと思うんだけど、どうかな。あと、糸は赤いのにしたらかわいいんじゃない？」

「あ、そうですね。ジュズダマの実を糸に通すのはどうでしょう」

「ちょうどいいと思う」

「じゃあ、明日河原で取ってきます」

次の日からお佐和とお縫は、仕事の合間に猫じゃらしを作り始めた。試しに作って猫たちを遊ばせては手直しをする。

三日ほどで猫じゃらしは完成した。次は同じ物を何本も作る。とりあえず十五本作ってみた。一本八文で売るつもりだ。

祈るような気持ちで二種類の猫じゃらしを店に並べる。お佐和ははたと思いつき、猫じゃらしを一本ずつ店で使うことにした。

「お縫ちゃん！　売れた！　売れたわよ！　猫じゃらし！」

お佐和が台所へ駆け込むと、猫たちの餌を作っていたお縫が勢いよく顔を上げた。ほおが上気している。

「お店に猫じゃらしを一本ずつ使えるように置いておいたら、お客さんたちが皆それを使って猫たちと遊んで。子猫をもらって帰ったひとりのお客さんが二本とも買ってくださって。初めて売れたから、すごくうれしい……」

お佐和は涙ぐみそうになって、あわてて口をつぐんだ。福猫屋を始めてから三月。首輪も座布団もなにひとつ売れたことがなかった。

それが今日初めて猫じゃらしが二本売れたのだ。こんなにうれしいことがあるだろうか……。

「よし、今日は鰹節をおまけしてやるからな」とつぶやいたお縫が勢いよく鰹節を削り始めた。

あたしも今日の夕餉はなにかおいしいものをこしらえよう……。

2

その後猫じゃらしはぼちぼち売れるようになった。子猫をもらう人が買ってくれるのだ。

十六本売れたので売り上げは百二十八文。今いる猫たちの二日分の餌代でしかない。商いが立ちゆくには程遠い売り上げである。なにかもっと良い方法があると思うのだが考えつかない。

お佐和はあせりを感じ始めていた。そんなある日のこと……。

作った簪《かんざし》を小間物問屋へ納めに行っていた繁蔵が、渋い顔で帰って来た。亮太やお縫と居間で甘酒を飲んでいたお佐和は、繁蔵にも一服するようにすすめた。

「政吉の野郎め……」

繁蔵のいまいましそうなつぶやきに、お佐和たちは顔を見合わせる。政吉というのは、お佐和の亡夫松五郎と繁蔵の師匠の息子で、ふたりには兄弟子にあたる。

松五郎が亡くなった折には弟子たちを皆引き取ってくれた。その後亮太が破門されたこともあり、お佐和とは因縁浅からざる人物ではある。

「あ、すまねえ。つい、愚痴《ぐち》が出ちまった」

どかりと腰を下ろした繁蔵が、甘酒をひと口飲むと深いため息をついた。

「いったいなにがあったんですか？」

お佐和の問いに、繁蔵は手で顔をつるりとなでた。

「小間物問屋が、簪を納めるのは今日を最後にしてくれって。もう俺とは商いをしないんだとさ。三十年近い付き合いだってえのに」

「ええっ！」と皆が声を上げる。

「どうしてそんなことを？　ついこの間まで何も言われなかったのに」

「俺も納得がいかなくてな。理由《わけ》を教えてくれと食い下がったんだが埒が明かない。仕方がねえから昔の職人仲間にたずねてみたんだ」

繁蔵が顔をしかめながら甘酒を飲む。

「『あくまでも噂だが』と前置きをしてそいつが話してくれたことには、どうやら政吉の仕業《しわざ》らしい。『繁蔵と取引をするんだったら、私のところは品を納めない』と、江戸中の小間物問屋に申し渡したそうだ。政吉は手広くやってるから力もある。政吉を敵に回してまで俺の簪を買ってくれる店はねえってこった」

「そんな、ひどい……。政吉さんは繁蔵さんにいったい何の恨みがあるんでしょう」

「恨みっていうより、妬《ねた》みだと俺は思う。お佐和さんも知っての通り、俺と松五郎の師匠は政吉の親父さんだ。松五郎も俺も、腕がいいって師匠が目をかけてくれていた。政吉はずっとそれが気に入らなかったんじゃないか。人望があった松五郎が生きてるうちは政吉も手が出せなかったんだろうが……。まあ、そう考えると、松五郎の弟子たちを引き取ったのも親切心からばかりじゃねえだろうし、亮太を破門にしたことも得心がいく」

自分の名が出て、亮太がくちびるをかみしめうつむいた。お縫が気づかわしげに亮太を見やる。

きっと亮太も、政吉のところでいろいろ悔しい思いをしたに違いない。お佐和は胸が痛んだ。

「まあ、理由は何にしろ、売る店がねえんじゃ簪を作ってもしょうがない。困ったもんだ……」

「店ならありますよ！　福猫屋が！」

お佐和の言葉に、繁蔵が苦笑する。

「お佐和さんの申し出はありがてえけど、福猫屋の客は、猫をもらうために来てるんだ。簪を買ったりしねえよ」

「でも、素敵な簪が置いてあれば買う人もいると思うの」

「『買う人もいる』くらいじゃ商いにはならねえ。それを目当てに買いに来るんじゃなけりゃ」

痛いところを突かれて、お佐和は言葉に詰まった。そう、そうなの。それはわかってるし、なんとかしなけりゃと思ってる。でも……。

小間物屋のお客は、当たり前だが小間物を買おうと思って店に行く。だから簪が売れる。

うちの店のお客さんは猫をもらおうと思ってやってくる。そんな人が簪を買ってくれるにはどうすればいいんだろう。

簪も売っていますって引き札でも作って配ろうか。……あっ！

福猫屋の店開きのころのことをお佐和は思い出した。開店を知らせる引き札を配らなかった理由を。

往来で引き札を配っても、猫に関心がない人の手にわたるのでは何の役にも立たない。それならば、猫好きの人に直《じか》に知らせたほうが良いと考えたのだ。

そう。福猫屋には猫をもらいたい客がやってくるが、その人たちは、皆、猫好きだ。だから、猫好きが欲しいと思う簪を置けば売れるんじゃないだろうか。たとえば猫をあしらったもの……。

そして、それは簪だけじゃない。お佐和が売る物についても同じだ。猫好きに売れる品を置けばいいんだ。猫柄の手拭とか……。

「猫をあしらった簪を作って売るのはどうかしら。うちへ来る人は皆猫好きだから、売れると思うんだけど」

「猫をあしらった簪……」とつぶやき、繁蔵が思案顔になった。

「平簪で、家紋じゃなくて猫の紋とか。びらびら簪で小さな猫がぶら下がってるとか。ねえ、お縫ちゃん」

「ええ。あと、猫が簪の上で昼寝をしていたり、顔を洗っていたりするのも面白いかもしれない」

「あのね、お縫ちゃん。猫が使う物ばかりじゃなく、人が使う物も売らない？　猫柄の手拭とか」

「あ、いいですね。あと、猫柄の布で小さな袋を作って売るのもいいかもしれません」

「そうね。あんまり難しいのは無理だけど、簡単な袋なら縫えると思う。猫柄の布、探してみよう」

「いいかもしれねえな。猫好きが集まる店で猫をあしらった簪を売る。ちょっといろいろ考えてみるとするか。おい、亮太。ぼーっとするんじゃねえ。お前も一緒に考えるんだぞ」

「はい！　あ、でも、親方。親方は猫が怖いのに、猫の簪を作れるんですか？」

「どういう意味だ？」

「猫をよく見てねえと作れねえんじゃないかと思って。親方、怖くてあんまり猫って見たことねえでしょう」

「まあ、お前ならそうだろうな。でも、俺くらいの腕になると、見ねえでも作れるんだ。心配いらねえよ」

「でも……」

「うるせえなあ。じゃあ竜はどうすんだ。見ねえと作れねえのか。そんなことねえだろう。麒麟や鳳凰だってそうだ」

「はあ……」

「必要となりゃあ、そのときは見るさ。この家にはいっぱいいるんだからな。戸の隙間からのぞけばいい」

「いいんですか？　猫は鼻も利くし耳もいい。すぐに感づかれちまいますよ」

「そ、そうなのか？」

「あやしいやつがのぞいてるって、襲ってくるかもしれませんね」

「ふん、そんなの戸を閉めちまえばしまいじゃねえか」

「うしろから来たら？」

「……亮太。お前も一緒に猫を見ろ。何事も学ばねえとな」

「遠慮しときます。俺はいつも猫を見て学んでるんで」

〈ゴツン〉

「痛《い》ってえ」

拳骨《げんこつ》を食らった頭を亮太がさする。

「師匠の言うことがきけねえのか」

繁蔵が作った猫をあしらった簪は、どれもが店に並べるとすぐに売れた。それに伴い、お佐和とお縫が作った首輪（二十文）や座布団（百文）や猫じゃらし（八文）、花巾着《きんちゃく》（五十文）も、少しずつ売れるようになってきた。

特に一着百文の古着から作る花巾着は、花びらの部分（裏地にもなる）を猫柄、表地を色無地にしたところ好評で、はじめは女物ばかりだったが、乞われて男物も作るようになっている。自分が使うのはもちろん、猫好きの知り合いにあげるという人もけっこういるようだ。

これから子猫が少ない時期に入るので、お佐和は花巾着を作り置きするつもりであった。猫じゃらしはお縫が担当している。

政吉の業腹《ごうはら》な仕打ちが、福猫屋に恩恵をもたらしたかっこうだ。政吉が知ったらさぞ悔しがることだろう……。

3

師走《しわす》に入ったある日、お佐和は正月の準備をするために日本橋《にほんばし》へ買い物に出かけた。晴天に恵まれたせいで割に暖かい。

買い物日和《びより》ということで、人の往来が激しかった。皆が思案顔でせかせかと歩いている。

三間《げん》ほど先の人ごみの中を、三毛の子猫がうつむきながらとぼとぼと歩いているのが見えた。右のうしろ足を少し引きずっている。

見覚えのある模様。赤い首輪に金色の鈴。あっ、この子はうちから里子に出した……。

「キキョウ！」

お佐和は思わず猫の名を呼んだ。びっくりしたように顔を上げてきょろきょろあたりを見回していた子猫が、お佐和の姿を見つけて〈みやっ！〉と鳴いた。

足を引きずり懸命に走ってくるのを、お佐和はしゃがんで抱きしめる。キキョウがお佐和の胸に顔を擦りつけ、ごろごろとのどを鳴らした。

「キキョウ、あんたどうしたの？　こんなにやせてしまって……」

お佐和はキキョウの右うしろ足をそっとつかんで仔細に調べた。一本の爪の根元が赤くなって腫《は》れている。

どこかに爪を引っかけ痛めてしまったのだろうか……。確かキキョウはこの先の呉服屋『にし村屋』へもらわれたはず。

五平《ごへい》と名乗った若主人が大事そうに抱いて帰ったのをお佐和は覚えている。キキョウはおとなしい性質《たち》の子猫で、餌もよく食べむちむちと肥えていた。

それがこのやせざまはどうだろう。にし村屋のような大店が猫の餌にも事欠くほど困窮しているとはとても思えない。

大切にするしうんとかわいがると約束した若主人の言葉はうそだったのか……。お佐和の胸に怒りがわく。

お佐和は、このままキキョウを連れてにし村屋へ乗り込むことにした。事情を聞いてみて、場合によってはキキョウをうちで引き取ってもいい。

にし村屋を訪ねたお佐和は客間に通された。キキョウは安心しきった様子で、お佐和のひざの上でぐっすり寝入ってしまっている。

お佐和はキキョウの頭をそっとなでた。いったい何があったの？　つらい目にあっているのなら、福猫屋へ連れて帰ってあげるからね……。

ほどなく若主人の五平が現れた。美男というのではないが、真面目そうな印象を受ける顔立ちだ。

お佐和は単刀直入に切り出した。

「福猫屋からこちらへもらっていただいたこの子を往来で見かけたんですが、すっかりやせてしまっていてびっくりしました。それに右のうしろ足の爪も痛めているようですし」

五平はとまどった様子で答えた。

「キキョウには、魚を混ぜた飯を毎日きちんと与え、残さず食べております。足はどこでけがをしたのかは存じませんが、おそらく木に登っていて落ちたとかそういうことなのではないかと……」

きちんと餌を食べているというのなら、やせているのはなぜなのか。病気ならば出歩いたりしないだろう。

飼うのが面倒くさくなって適当なことを言っているのかもしれない。ちょっとためしてみよう。

「私は、今日このままキキョウを引き取らせていただこうかと思っております」

五平がたちまち顔色を変えた。

「そ、それは困る！　絶対に困る！　この子は私の大切な猫なのだから」

「大切だとおっしゃいますが、現にキキョウはやせ細っていますし、足のけがの原因もはっきりご存じではないようです。それは飼い主としておかしくはないでしょうか」

「いや、それは面目ないとしか言いようがありませんが……」

言い淀《よど》んだ五平が、懐から手拭を取り出して額の汗をふいた。

「失礼いたします」という声がして、若い女子《おなご》が入って来た。鼻筋が通ったなかなかの美人である。

女は軽く頭を下げた。

「若おかみの絹《きぬ》と申します」

若おかみということは、お絹は五平の妻であるのだろう。

「福猫屋のおかみさんがいらっしゃったのでちょうどよかった。子猫を引き取っていただきたいんです」

お絹の言葉に驚いてぽっかりと口を開けていた五平がはっと我に返る。

「お、お絹！　いったい何を言い出すんだ。キキョウは私の大切な猫なんだからね」

「かわいげがないから、私、好きじゃないんです。さっさと返してくださいな」

この高飛車な態度と物言いから推《お》しはかると、お絹はおそらく家付き娘なのだろう。五平は婿養子というわけだ。

「それは懐いてないからだろう。懐けばかわいいよ」

必死に言い募る五平に、お絹は冷たい一瞥《いちべつ》をくれた。

「番頭上がりだっていうのに、おとっつぁんの許しも得ないで急に子猫なんかもらってきたりして」

「いや、それは……。見たら欲しくなってしまって。一目ぼれなんだ」

家付き娘に婿養子というお佐和の見立ては当たっていたが、さらに五平は番頭から若旦那へと大出世したものらしい。へどもどしている五平に、お佐和は心の中でため息をついた。

目を覚ましたキキョウが怖がって、お佐和の懐へ潜り込んでしまった。キキョウは五平とお絹、どちらのことを怖がっているのか。

ひょっとして、両方だろうか……。お佐和は着物の上からキキョウの背をとんとんと優しくたたいた。

お絹が眉根を寄せながら鬢《びん》のほつれに手をやった。その右の手首に膏薬《こうやく》が貼られているのにお佐和は気がついた。

あっ！　もしかして……。

「お絹さん、右の手首。ひょっとしてキキョウに引っかかれたんじゃありませんか？」

お絹は虚を突かれたような表情を見せたが、すぐに立ち直って「ええ」と答えた。

「そうなんです。急に〈しゃーっ〉って言ったと思ったら、いきなり引っかくんですもの。おお、怖い。だから猫は嫌いなんです」

「その手首の傷、私には庭の木の枝で引っかいたって言ってたじゃないか」

「キキョウはおとなしい猫なので、よっぽどのことがない限り引っかいたりしないはずですが」

お絹は口をとがらせた。

「それじゃあ、あたしが何かひどいことをしたって言いたいんですか？」

「いいえ、そんなことは……」

「おい、お絹。失礼だぞ。お佐和さんがおっしゃる通り、キキョウはおっとりした甘えん坊なんだ。めったなことでは引っかいたりしないよ」

お絹のほおに血が上った。

「皆、あたしを悪者扱いするんですね。ふん、大したことはしちゃいませんよ。ちょっと餌を取り上げただけです」

キキョウがやせてしまったのはこのせいだったのだ。かわいそうに……。

お佐和は怒りを抑えてたずねた。

「ひょっとして、キキョウにけがをさせたのもお絹さんですか？」

お絹はつけつけと答えた。

「ええ、そうよ。引っかかれたときにびっくりして手を払ったら、子猫が吹っ飛んじゃったんです」

「そんなこと、ひと言も言わなかったじゃないか！」

五平の言葉にお絹がうつむく。

「それに餌を取り上げようとしただなんて、どうしてそんなかわいそうなことを」

「……ちょっと意地悪がしたくなったの」

お絹がわざとキキョウにけがをさせたのではないことがわかって、お佐和はほっとした。しかし、ここはきちんと話しておかなければならない。

お佐和は背筋を伸ばした。

「お絹さんはほんのいたずらのつもりでも、子猫にしたら餌は命をつなぐ大切なものですから。そりゃあ取られまいと怒って引っかきもしますよ。キキョウの様子からすると、餌を取り上げたのも一度や二度じゃありませんよね。小さくてかわいいけれど猫は牙《きば》も爪もある獣《けもの》なんです。キキョウは性格がよくておとなしいからずっと我慢してたんでしょうが。気の荒い大人の猫だったら、きっとお絹さんは大けがをなさってましたよ」

「はい……」

「かわいそうに。いじめるだなんてお絹が悪い」

「……だって、お前様が猫ばっかりかわいがるんだもの。あたしのことはほったらかしで」

「え？」と言って、五平がお絹の顔を見つめた。

「悪いのは私か。やきもちを焼かれるほどお前に好かれているとは思ってもみなかったから。……すまない」

五平が目をそらし、お絹はうつむく。ふたりともほおが赤かった。

「ごちそうさま。キキョウを連れて帰るのはやめにします」

お佐和はにっこり笑ってキキョウを五平にわたした。五平がキキョウを抱きしめる。

「キキョウ、ごめんよ。お絹のことも許してやっておくれ」

「ごめんなさい」とつぶやきながら、お絹がおっかなびっくりという様子でキキョウの頭をなでる。キキョウがぐるぐるとのどを鳴らした。

「許してもらえたみたいだね」

五平とお絹がほほ笑みあう……。


にし村屋からの帰り道、お佐和は考え事をしながら歩いた。キキョウのことはうまくいきそうでほっとしたけれど、お佐和が出会わなければキキョウはいったいどうなっていただろう。

ずっと餌をもらえないままやせ細っていき、病気になってしまったかもしれない。自分が軽い気持ちでしたことがキキョウの命を奪うおそれがあるとは、お絹は思ってもみなかったことだろう。

猫を飼ったことがない者は、餌の大切さも、子猫のひ弱さも知らない。そして五平のように共に暮らしていても、飼い猫がひどい目にあっていることにはなかなか気づかないものなのだということに、お佐和は心底驚いた。

優しい飼い主にめぐり合って大店にもらわれても、決して安心はできないのだ。お佐和は動揺した。猫好きは皆いい人だと思い込んでしまっていたけれど、それはたいそう危うい考えだ。

それに、猫好きを装っているだけという者も、中にはいるかもしれない。なにか良からぬ目当てがあって子猫をもらうために……。

福猫屋では、今まで五十四近い猫を里子に出している。あの子たちは無事に過ごしているのだろうか。お佐和はにわかに心配になった。

子猫をもらってもらうことばかりにかまけて、里親が見つかるとほっとしていた。元気にしているだろうかと、しばらくは時折思うことはあっても、日々の忙しさにとりまぎれていつの間にか忘れ去ってしまっている。

猫のために良かれと思って人と猫の縁を結んできたつもりだったけれど、ほんとうに猫たちは幸せに過ごしているのだろうか。もし、つらい思いをしていたら……。

寒風に吹かれるお佐和のひたいに脂汗《あぶらあせ》が浮かぶ。

そうだ。猫たちのもらわれ先を訪ねてみよう……。

4

お佐和は、台所で猫の餌を作っているお縫に声をかけた。

「お縫ちゃん、お鍋にお湯を沸かしてちょうだい」

「はい。……おかみさん、その猫どこで拾ってきたんですか？」

「……この子、小吉《こきち》なの……」

「えっ！」

お縫が絶句した。無理もない。よく肥えてきれいな白猫だった小吉は見る影もなくがりがりにやせ、毛も黒く汚れてしまっている。

お縫は唇をかみしめながら餌の器にイワシの身をとってほぐし、煮汁をかけた。

「飢えてる人に急にたくさん食べさせるといけないって聞いたことがあるので、猫も同じかなと思って。これくらいでいいでしょうか」

「そうね。ありがとう」

器を置いてやると、小吉はふらふらしながら歩いて行き、餌に口をつけた。そのまままむさぼり食べる。

お佐和の目から涙があふれた。お縫が乱暴に袖で目をぐいっとこする。

体をふいてきれいにしてやると、小吉はお佐和のひざで眠ってしまった。背骨とあばらが浮き出た小さな体をなでていると胸が張り裂けそうになって、お佐和は深いため息をついた。

お縫が熱い麦湯の入った湯呑みをお佐和のひざの前に置いた。

「いったい何があったんですか？」

「小吉が大工の千治《せんじ》さんの家へもらわれたのは、お縫ちゃんも知ってるでしょ」

お縫がこくりとうなずく。

「千治さんが腕に大怪我を負って、働けない体になってしまったの。おかみさんも子どもたちも必死に働いてるんだけど、お医者にたくさん借金もあるから暮らしが苦しいらしくて。もう、猫を飼うどころじゃないわね。その上、千治さんがお酒を呑《の》んでは暴れて小吉を殴ったり蹴ったりしたそうよ」

「小吉も、そんなにつらい目にあってるんだったら、千治さんの家から逃げてしまえばよかったのに」

「それが、千治さんは酔いがさめると、乱暴して悪かったって小吉を抱きしめて泣いて謝るんですって。もともと小吉は、千治さんにすごくかわいがられて懐いてるから簡単にだまされてしまうみたい」

「ずるい……」

今度はお縫が大きなため息をついた。

「でも、おかみさん。よく千治さんが小吉を手放しましたね」

「お金を払ったの。……一分。足元を見るような真似をして申し訳なかったけど、千治さんのところにおいておいたら、小吉はきっと死んでしまうと思って」

「小吉を連れて帰ってくださってほんとうによかった」

お縫の目からぽろぽろと涙がこぼれ落ちる。

「千治さんだけだったら無理だったかもしれないけど、運よくおかみさんがいたから。おかみさんが小吉に『かばってやれなくてごめんね』って泣いてあやまってね……」

福猫屋では里子に出すときに、飼えなくなったら福猫屋で引き取る旨《むね》を言ってあるのだが、千治の妻は小吉を返しに来なかった。おそらく、小吉がいなくなると、代わりに自分や子どもたちが千治に殴られたり蹴られたりするからではなかったのか。小吉をかばわなかったのも同じ理由だろう。それゆえの『ごめんね』だったのだと思われる。

お佐和なら、小吉を犠牲にしたりはしない。子どもたちと同じくらい小吉も大切だから。

猫と人を同等にするなんてとんでもない。お佐和には子がいないからわからないのだと非難されるかもしれないが……。

「他にもひどい目にあってる子がいるんでしょうか」

「今日は近場の四軒を回ったんだけど、あとは皆大丈夫だった。かわいがってもらってた。でも、残りの猫たちもできるだけ早く訪ねてみないと」

「あたしも手伝います」

「ありがとう。助かるわ」

そこへ亮太が入って来た。

「どうしたの？」

「あ、おかみさんお帰りなさい。のどが渇いたので麦湯を飲もうと思って」

お縫が立って行って、亮太に麦湯を持ってきてやった。

「ありがとうございます。あれ？　そのやせっぽちの猫、どうしたんですか？」

「これ、小吉なの……」

「ええっ！　いったいなぜ？」

お佐和は小吉の身の上を亮太に話して聞かせた。

「小吉、ひどい目にあっちまったんだな……」

亮太が鼻をすすりながら、眠っている小吉の頭をそっとなでた。

「おかみさん。親方に理由を話して休みをもらって、俺も明日から猫たちの家を回ります。取り返しがつかなくなる前に早く行かねえと」

「ありがとう、亮太」

「遠いところは俺、中くらいがお縫さん、近場はおかみさんが訪ねるってことにすればいいんじゃないでしょうか」

「そうねえ。でも、亮太もお縫ちゃんもいいの？」

亮太とお縫がうなずいた。

「ふたりともありがとう。あとで行き先を紙に書いてわたすわね。寒いけれどよろしくお願いします」

次の日は店を閉め、お佐和、亮太、お縫は里子たちの様子を見に出かけた。お佐和は家からあまり遠くないところを五軒回った。それでも帰宅したときはもうとっぷりと日が暮れている。

さあ、急いで人と猫の夕餉の支度をしなくては。今日も寒かったからなにか温かいものをこさえよう。

手早く着替えて台所へ向かった。猫たちが座敷から飛び出してきて、お佐和の足に体を擦《こす》りつける。

「はいはい、わかってますよ。お腹ぺこぺこよね。あたしもお縫ちゃんもいなかったからおやつもあげてないし。ああ、そんなにまとわりつかないで。歩けなくなっちゃう」

台所の戸を開けると、いい匂いに包まれた。なんと繁蔵がかまどの前で鍋をかきまぜている。

お佐和は猫たちが入ってこないように急いで板戸を閉めた。

「もうそろそろ帰ってくる頃だと思って、飯の支度をしてるんだ。寒いからけんちん汁。それとブリの照り焼き。ブリは棒手振の与七のおすすめ」

「まあ、ありがとうございます。すみません。お仕事が忙しいのに」

「なあに、伊達《だて》にひとり暮らしを長年やっちゃいねえよ。これくらい造作もないことさね」

「あら、猫たちの餌の用意まで。助かります」

「ああ、それは与七がやっていってくれたんだ。どうしておかみさんもお縫もいねえのかって与七にたずねられて理由を話したら、ふたりが留守の間は俺が猫の餌を作るって言ってたぜ」

「ほんにありがたいこと……」

与七はイワシを鍋で煮て、身をほぐしてくれていた。ここに冷飯を入れて混ぜれば猫たちの餌ができあがるという寸法だ。

「飯ももうすぐ炊《た》ける」

江戸の人々は朝一日分の飯を炊いて、昼と夜は冷飯を食べる。しかし、お佐和は冷飯を猫たちにまわして、三度が三度そのつど飯を炊いている。

「昨日取り返してきた猫は大丈夫なのかい？」

「ええ、おかげさまで、餌を食べたらだいぶ元気になりました。福が世話を焼いてます」

「福の子だっけか」

「いいえ、そうじゃないんですけど。福は面倒見がいいんです」

「今日訪ねた先はどうだった？」

「ありがたいことに、皆元気にしてました。どの子もずいぶん大きくなって」

「そいつぁよかった」

お佐和は飯を混ぜる前に、イワシのほぐし身を餌の器にとった。飯を少しだけ加えて小吉に食べさせるつもりだ。

板戸の向こうで猫たちが鳴いている。餌の催促だ。がりがりと爪で戸を引っかく音も聞こえた。中には体当たりをする猫もいる。繁蔵がくしゃみを連発した。

「戸の向こうで猫がひしめき合ってると思うと、鼻がむずむずしてきた。でも、まあ、戸が閉まってるんだから案ずることたあねえよな。猫は絶対開けられねえもの」

「あら、器用な子は開けたりしますよ」

「えっ！　それはまずいぞ！」

たちまち繁蔵が青ざめ、鼻水を垂らしたまましりじりと後ずさりをする。あわててお佐和は言った。

「ここの戸は重いし滑りが悪いから大丈夫」

猫が嫌いだとか怖いだとかいうのは一生もので、簡単に直るものではないのだと今さらながら気づく。

家の中に猫嫌いがいる場合、猫をもらってきたりしたら大もめにもめるだろう。人も猫も不幸になってしまう。

猫を里子に出す前に、そういうことをきちんとたずねる必要があったのではないだろうか……。猫をもらってほしくて、甘くなっていたことは否めない。

やはり、猫好きは皆良い人だと思い込んでいた節がある。猫を里子に出すにあたってのいろいろなことを考え直してみなくてはならないのだ。


次の日の夕刻、三軒の家を回ったお佐和は、四軒目を訪ねようとしていた。ここがすめば今日の分は終わりである。

お佐和は木戸を通り抜けて長屋へと足を踏み入れた。ここに住まう左官の熊吉《くまきち》にふた月前、茶トラの勘太《かんた》を里子に出したのだ。

熊吉は女房と十一と九つになる子どもとの四人暮らしだ。年かさの娘や息子は奉公に出ていると聞いていた。

手習い帰りらしい女の子がお佐和の側《そば》を通り過ぎたので、あわてて声をかける。

「左官の熊吉さんの家を訪ねてきたんだけど」

女の子は二軒向こうを指さした。

「あの家です。でも、今はだれも住んでません」

「えっ！　どうして？」

「半月くらい前に一家で夜逃げしちゃったんです」

「まあ！　なんてこ——きゃあっ！」

突然背中に衝撃を受けたお佐和は、前にのめって思わず手とひざを地面についた。

「おっかさん！　早く来て！」と叫びながら女の子が走る。

いったいなにが起こったんだろう……。お佐和はおそるおそる背中へ手を回した。

えっ、これはなに？〈にぎゃっ！〉

「猫？　……勘太なの？」

〈ぎにゃっ！　みぎゃっ！　うぎゃーっ！　にぎゃーっ！〉

背中でけたたましく鳴き続ける猫を、お佐和はやっとのことで引きはがした。地面へそっと置く。

「勘太！　やっぱり勘太なのね！」

〈みぎゃー！　ふぎゃー！　うぎゃっ！〉

やせこけて汚れた目やにだらけの勘太が、ものすごい勢いでお佐和に跳びついた。

ぐりぐりと頭を胸に押し付ける。

お佐和は勘太を抱きしめた。良かった、生きていてくれて……。

「大丈夫ですか？」

顔を上げると、さっきの女の子と、その母親らしい女が立っている。母親に助けられ、お佐和は立ち上がった。

「その猫、熊吉さんのところの飼い猫だったんですが、夜逃げするときに置いて行かれちまったんです」

やはり思った通り、勘太は捨てられたのだ。お佐和は母親に向かって頭を下げた。

「福猫屋のおかみで佐和と申します。この勘太は私どものところから熊吉さんの家へ里子に出しまして。今日は勘太の様子を見に参ったのです」

女の子が泣きそうな顔でうつむいた。母親がため息をつく。

「ひと月ほど前、熊吉さんの息子が博打に手を出して二十両もの借金をこさえちまったそうで。それを支払わずに行方をくらましたもんだから、借金取りがここへやって来たんです。親なら息子の借金を払えと。金がなければ、娘を売りとばせばいいだろうって毎日押しかけられて耐え切れず、熊吉さんたちはとうとう夜逃げしてしまったんですよ。勘太は熊吉さんたちが戻ってくるのを待ってるのかずっとこのあたりをうろうろしていて。皆が不憫がってときどき餌をやったりしてたんです」

やむを得ない事情で夜逃げをしたのはわかった。とても勘太を連れて行けなかったことも……。

でも、どうして福猫屋に勘太を託してくれなかったのだろう。いくらせっぱつまっていても、置手紙に書くとかいくらでも手立てはあるはずだ。

そんなことを考えるのは甘いのかもしれない。でも、いったんは自分の飼い猫としてもらい受けたのだ。

できるだけのことはしてやるのが飼い主の責めではないのか。猫の命はどうでもいいだなんて、やはりお佐和には許しがたかった。

やめよう。悪口になってしまう。とにかく勘太は生き長らえたのだから、それで良しとしなければ。

「この子が猫を飼いたがったんですけれど、うちは子だくさんで余裕がなくて。他の家も似たようなものなので……」

唇をかみしめ目に涙をいっぱいためている女の子の頭を、お佐和はそっとなでた。

そして深々と頭を下げる。

「勘太に餌をやってくださってありがとうございました。おかげさまでこの子を連れて帰ることができます。長屋の皆さまにもよろしくお伝えください」

母親と女の子は黙って礼をした。勘太を胸に抱き、お佐和はそのまま踵《きびす》を返した。

それ以上何か言うと泣いてしまいそうだったから……。

しばらく歩いて、お佐和は勘太を地面におろした。袂から猫まんまの握り飯を取り出しひと口かじる。

口の中で柔らかくした猫まんまを手のひらにのせ、勘太に差し出す。勘太は〈うにゃうにゃ〉と鳴きながらむさぼり食べた。

お佐和の目から涙があふれた。ごめんね。もっと早く見に行ってあげていればよかった。ほんに生きていてくれてありがとう……。

「亮太もお縫ちゃんもご苦労さまでした。おかげで猫たち四十五匹のもらわれ先を全部訪ねることができました。そして、繁蔵さんも亮太に休みをくださって、夕餉の支度までしてくださってありがとうございました」

夕餉の席でお佐和は皆に頭を下げた。四日間で四十三軒の家を回ることができ、ほんとうにありがたかった。

結局、小吉と勘太の他に二匹の猫を引き取った。そして、二匹が行き方知れず、一匹が死んでしまっていた。

死んだ子猫は何日か元気がないと思っていたら、朝、冷たくなっていたということだが、ほんとうのところはわからない。行き方知れずというのも、気がついたらいなくなっていたのだと言うがあやしいものである。

どの家も大事に飼うと約束をして、大喜びで猫を連れて帰った。それなのに……。でも、起きてしまったことを悔いてもしようがない。猫たちがもらわれた先でつらい目にあわないようにするにはどうすればよいかを考えなくては。

まずはねぎまを食べて元気を出そう……。

黙々と飯を食べていた亮太が口を開いた。

「そういえば、山城屋《やましろや》へもらわれたナデシコですけど、お姫様みたいに大事にされてました。お女中にかしずかれて、座布団や夜具が絹地で。毎日鯛《たい》を食べさせてもらってるらしいです」

「なんでまたそんなに大事にされてるんだ？」

「猫を飼って大切にすると商売が繁盛するって八卦見《はっけみ》に言われたらしいです」

「へえ。そんなことで猫は幸せなのかい？」

「旦那さんがナデシコの部屋に入り浸ってるって聞いたので、かわいがってもらってるんじゃねえですか」

「それなら大丈夫だな」

「あたしが今日行った鋳掛屋《いかけや》の富市《とみいち》さんのところは、皆が六郎《ろくろう》と一緒に寝たくて取り合いになってるって聞きました。ちゃんと順番を決めても誰も守らないからっておかみさんが笑ってましたよ」

「へえ、そうなの。六郎も幸せな子ね、お縫ちゃん」

「ええ。『おっかさんは昼間六郎を独り占めしてずるい』っていつも子どもたちに文句を言われるんですって」

亮太が真顔でたずねる。

「おかみさん、戻ってきた猫たちはどうするんですか？」

「おいしいものを食べさせて元気になったら、また里子に出そうかなと思ってるの」

「なんだかかわいそうじゃねえですか」

「あの子たち人を怖がったりはしていないでしょ。だから大丈夫かなと思って。もちろん二度とひどい目にあわないように、引き取った事情も話して、それでももらいたいっていう人に託すつもり。この家でたくさんの猫たちと暮らすより、自分だけの飼い主や家を持つほうがやっぱり幸せだと思うの。あと、今度は里親のことをちゃんと調べて、里子に出したあともときどき見に行かないといけないって考えてる」

「なるほど……」

「ときどきってどのくらいですか」

「半月に一度とか」

「見に行くのっていいと思います。あたしたちが見に来るからちゃんとしなきゃって飼い主の人が思うかもしれないし」

お縫も見に行ってくれるようだ。ありがたいし心強い。

「これからは知り合いの知り合いくらいならいいけど、全然知らない人に里親になってもらうのはよそうと思う。あまり遠くの家もだめね。それと、すぐに猫はわたさないつもり。ほんとうに猫が欲しいのか、きちんと飼えるのかじっくり考えてもらって、家の人にも相談して、決心がついたら七日後にもう一度来てもらう。その間に、うちはその人や家のことをできるだけ調べられるでしょ」

「調べるにも限りがあるだろうから、そいつの人となりみてえなのがわかるといいんだけどな」

繁蔵の言葉に、亮太が腕組みをする。

「その人と話をするとかですかね」

「そうだなあ。素《す》が出るっていうか、ついぽろっと本音を言っちまうみたいな」

「麦湯でも飲みながら世間話をしてみようかしら」

「汁粉や牡丹餅もあったほうがいいです。おかみさんが作るのはうまいから」

「亮太、お前が食いたいだけだろ。それに、金がかかることはあんまりやらねえほうがいい」

お汁粉や牡丹餅。どれくらいお金がかかるだろう。あ、甘酒もいいなあ……。

「売ればいいんじゃないですか？」

お縫の言葉に、お佐和は思わず手でひざを打った。

「それよ、それ！　猫を眺めたり抱っこしたり遊ばせたりしながら牡丹餅を食べる。猫をもらわない人も来ていいの。猫好きが集まっておしゃべりをする……『猫茶屋』みたいな」

「そいつぁいいかもしれねえな。猫に対する考え方もわかるし。牡丹餅が少しでも売れればいくらかでも足しになる。あ、俺の簪も売り上げが伸びるかもしれねえ」

「猫を飼いたくても飼えねえ人も、猫と遊べるのはうれしいんじゃないでしょうか」

「里親になりたい人の評判もそれとなく聞けるかもしれません」

「皆、ありがとう。いろいろ考えてみるわね」

「やったあ！　これで毎日牡丹餅が食べられる！」

〈ゴツン〉

「痛ってえ！　親方ぁ、なんで拳骨」

「調子に乗るんじゃねえ。売りもんなんだからちゃんと金を払え」

「そんなあ……」

5

思いついて三日後、お佐和は『猫茶屋』を始めることにした。まずはやってみて不都合なところは直していけばいい。善は急げだ。

とりあえず牡丹餅をひとつ四文、小ぶりの握り飯をひとつ二文、甘酒を一杯八文で売ることにした。麦湯は四文だ。

布巾がかかったふたつの大皿には牡丹餅と握り飯を盛ってある。火鉢には甘酒の鍋と麦湯が入った薬缶とがそれぞれかかっていた。そして残りひとつの火鉢には金網を置き、握り飯に味噌をつけて焙《あぶ》るつもりだ。

表の看板の横に『猫茶屋』を始めた旨の張り紙をしたが、客は果たして来てくれるだろうか。お佐和はそわそわして落ち着かなかったが、猫たちはいつも通りのんびりと毛づくろいをしたりくっつき合って眠りこけたりしている。

「ごめんください」という声に、お佐和は急いで障子を開けた。若い男と女子が立っている。

「いらっしゃいませ」

「あのう、猫茶屋ってえのはどういうものなんですか？」

「猫を眺めたり一緒に遊んだりしながら牡丹餅を召し上がっていただく趣向です」

ふたりは「どうする？」というように顔を見合わせもじもじしている。

「別に何も注文なさらなくてもかまわないんですよ。寒いでしょう。中へ入ってあたまってくださいまし」

「じゃあ……」とつぶやいて男が店へ上がった。女子もあとへ続く。

「うわあ、かわいい！」と歓声を上げ、女子が、猫たちがぎゅうぎゅうにつまって寝ている籠のそばへ座った。そっと猫の頭をなでる。

「よく寝てる」

「これならどうだ」

男が前足をそっと引っ張った。猫は目を閉じたまま〈うにゃうにゃ〉とつぶやきながら寝返りを打った。

「文吉《ぶんきち》さん、あんまり乱暴しちゃだめ」

「すまねえ、お陽《よう》」

「あやまるのはあたしにじゃなくて、猫にでしょ」

「……猫、ごめんよ」

文吉とお陽がくすくす笑う。

「なあ、お陽。牡丹餅食わねえか」

「うん、食べたい」

「すみません、牡丹餅と麦湯をふたつずつください」

「はい、ありがとうございます」

お佐和は牡丹餅を小皿にとり、箸をつけて麦湯が入った湯呑みとともに折敷《おしき》にのせた。松五郎や弟子たちは大喜びで食べてくれていたが、おいしいと思ってもらえるだろうか。

繁蔵もお縫もおいしいと言い、特に亮太には太鼓判を押されたけれど、あの子はあたしがこさえるものには甘いから……。

「どうぞ、お召し上がりくださいませ」

「いただきます」と言って、ふたりは牡丹餅を口に運んだ。

「うめえ！」「おいしい！」と、文吉とお陽が笑顔になる。お佐和は胸をなでおろした。

「お口にあってようございました」

あっという間にふたりは牡丹餅を平らげてしまった。

「あのう、握り飯っていうのは大きいんですか？」

「ちょっと小ぶりです。お味噌を塗ってここで焙ります」

「うまそうだな。ふたつください」

「承知いたしました」

味噌が焼ける香ばしい匂いがあたりにただよう。ぶらぶらとやって来たサクラがお陽のひざにのった。

お陽が目を丸くする。

「ひざにのってくれるなんて。かわいい……」

お陽が頭をなでると、サクラがぐるぐるとのどを鳴らす。ふたりは握り飯に息を吹きかけてさまし、ぱくりとほおばった。

「ああ、お味噌が……」

「香ばしくてうめえ」

文吉もお陽もうっとりした顔つきになる。気に入ってもらえてよかったとお佐和は思った。

甘い物が苦手な客もいるだろうと焼きおにぎりを用意したのだが、甘い物を食べたあとで辛いものが欲しくなり注文してくれるお客もけっこういるのかもしれない。

ほんとうはお汁粉も用意したかった。でも、正月用の注文で菓子屋が手一杯ということで餅が手に入らなかったのだ。新しい年がきて松五郎の喪が明けたら、お汁粉も品書きに加える心づもりであった。

文吉とお陽が満足そうな表情で麦湯を飲んでいる。サクラがお陽の胸に顔を擦りつけた。

「あれ？　どうしたの？」

「抱っこしてほしいんだと思いますよ」

お佐和の言葉にお陽が笑顔になる。お陽が抱くと、サクラはじっとお陽の顔を見つめた。

「いいなあ、お陽。俺にも抱っこさせて」

文吉はおっかなびっくりという感じでサクラを抱いた。

「軽くてあったけえ。かわいいなあ……」

文吉がほおずりをしようとすると、サクラが両の前足で文吉のあごを押さえ突っ張った。お陽が大笑いをする。あまりに情けなさそうな文吉の顔に、お佐和もくすりと笑ってしまった。

「なあ、猫飼わねえか」

「あたしはうれしいけど」

「じゃあ、決まりだな」

文吉が、お佐和のほうへ向き直った。

「おかみさん、ここの猫ってもらえるんですよね」

「はい」

「俺たちもうすぐ祝言《しゅうげん》を上げるんですけど」

「それはおめでとうございます」

「ありがとうございます。夫婦《めおと》になったら猫を飼いたいと思って」

「……それはやめておかれたほうがよいかと思います」

「ええっ！　どうしてですか？」

「夫婦としてひとつ屋根の下で一緒に暮らし始めると、付き合っていたときには見えていなかったことがお互い見えてきて、いろいろもめたりして大変なものなんですよ。そこへ猫も加わるともっとややこしくなってしまうと思うんです」

文吉とお陽は顔を見合わせた。

「それに、そのうち子宝を授かると、きっと目が回るほど忙しくて猫の世話どころじゃなくなっちゃうんじゃないかと。猫はかまってもらえなくなって寂しくて、気を引こうと思っていたずらをしたり、やきもちを焼いて赤ちゃんに悪さをするかもしれません。そうなると人も猫も不幸せになってしまいますから」

「なるほど……」と文吉がつぶやく。お陽は無言でうなずいた。

「おふたりが夫婦として長い時を過ごして、お子さんたちも大きくなって、猫の世話に手をかけることができるようになってから一緒に暮らすといいと思うんですよ」

ふたりがこくりとうなずく。

「それまではこの福猫屋へいらして、猫たちと思う存分遊んでくださいまし。年が明けたらお汁粉も出すつもりなので」

「お汁粉大好きなんです！　またぜひ来させてもらいます。ねえ、文吉さん」

「うん、祝言を上げたらまた来ような」

「ありがとうございます。どうぞお幸せに」

『猫茶屋』の入りは、初日は十人だったが、それから少しずつ増えて二十人近くになった。売り上げは日に二百文ほどで、お縫によると青物売りの一日の稼ぎと似たようなものであるらしい。

お客の数の割に売り上げが多いのは、皆、猫たちと離れ難いらしく長っ尻《ちり》だからだ。ひとりがふた品注文することが多いのだった。

繁盛している店ならお客にはなるべく早く帰ってもらって、どんどん客を入れ替えて回していくほうがもうかるのだが、福猫屋のように客が少ない店ではゆっくり過ごしてもらうほうが売り上げが多くなる。

店に置いた品も売り上げが少し伸びた。若い女子や若い男女といった、今まで店にあまり来なかった年格好の客が買っていくようになったのだ。

しかし、まだまだとてもやってはいけない。売り上げから小豆や砂糖などの元手を引かねばならないのだ。そして猫たちに餌代がかかるのは承知していたが、思いがけなかったのは店の火鉢に使う炭の代金がかなりかさむこと。月に五俵で二千五百文。

猫たちもお客のお年寄りたちも皆寒がりだからである。

物珍しさからの客の入りで終わりませんように。そしてもっとお客が増えますように。お佐和は日々祈りながら牡丹餅を作った。

6

年が明けて松五郎の一周忌の法要も無事に執り行うことができた。餅も手に入るようになったので、猫茶屋の品書きにお汁粉をくわえた。一杯十六文で商う。

また、握り飯の代わりに豆腐の田楽《でんがく》を一本二文で出すことにした。これは握り飯より豆腐の田楽のほうが原価が安く、その分もうけが多いからである。また、田楽は作るのにあまり手間がかからず、人気も高くてよく売れるのも都合が良い。

そして四人の客が毎日来てくれるようになった。近所に住むお年寄りで、名をそれぞれ忠兵衛《ちゆうべえ》、徳右衛門《とくえもん》、お滝《たき》、お駒《こま》という。

お駒は元三味線《しやみせん》の師匠、他の三人は商家の隠居だそうで、お金の心配をせずに遊んで暮らせるご身分だった。皆福猫屋でたまたま出会ったとのこと。

四人は昼間にやって来て座敷の隅に置かれた火鉢の周りに陣取り、二刻ほど猫と遊んだりおしゃべりをしたり居眠りをしたりして過ごす。

なんだかんだで、ひとりあたり二十文前後のお金を毎日使ってくれるありがたいお客だった。お滝とお駒は簪や花巾着を買ってくれてもいる。

お年寄りたちは顔が広く、ご近所のうわさ話もよく耳にしているらしいので、里親になりたい人の評判も聞くことができるかもしれない。また、おしゃべりの内容も、猫談議から人の道や生き方まで多岐にわたり、お佐和にとっては興味深いことばかりだった。

実は、お佐和には他に気になるお客がいた。ここ十日ほど毎日通って来ている老人である。四人組のお年寄りたちとは知り合いではないらしい。

中肉中背でがっちりしていた。六十くらいでほおにしわが刻まれているが、目もとは涼やかな上に温厚そうだった。お佐和が気にかかったのは、老人がどことなく寂しそうに見えたからだ。

酒乱の大工から取り返した小吉が大のごひいきで、いつも一緒に時を過ごす。小吉も老人のことが大好きだとみえて、老人が訪れると犬のように走って出迎えるのがほほ笑ましかった。

いつもは無口な老人がぽつりとつぶやく。

「ひと月前、大切な幼馴染を亡くしましてね」

お佐和は丁寧に頭を下げた。

「それはご愁傷《しゆうしよう》さまでございました」

老人が会釈《えしやく》を返す。

「ずっと付き合いがあったからもう寂しくってねえ……。三年前わしが女房と死に別れたとき、その男が言ったんですよ。『寂しいんだったら猫を飼え』って」

「そうだったんですね」

「結局そいつが支えになってくれたもんだから猫は飼わなかったんですが」

ひざの上で眠っている小吉を、老人がいとおしそうになでた。

「あいつの言葉を思い出してここへ来たら、小吉に出会っちまった」

お駒がじれったそうに声をかけた。

「飼っちまいなさいよ」

「でもなあ。身寄りのねえ年寄りが飼い主じゃかわいそうだと思って。わしが死んだら路頭に迷うだろ」

「もしものときはうちで引き取らせていただきますよ」

お佐和の言葉に、老人が目を見開いた。

「ほんとうに?」

「ええ、ご心配ならその旨一筆書きますので」

老人は小吉を抱き上げた。

「おい、お前。わしんとこへ来るかい？　長屋でひとり暮らしだが」

眠りこけていた小吉は驚いて〈うにゃっ〉と鳴いた。

「びっくりさせてごめんよ」

老人が小吉の背をなでる。小吉は老人の胸に顔を擦りつけてごろごろとのどを鳴らした。

お佐和は背筋を伸ばした。

「実は小吉について申し上げておかなければいけない事がございまして。小吉は一度ご縁があってもらわれたんですが、酒乱の男に殴る蹴るの乱暴を受けてがりがりにやせてしまっていたので、見るに見かねてあたしが引き取って来たんです。今はもうすっかり元気になりましたけれども。だから大切にしてやってくださいませ」

「ひどい目にあったもんだ。かわいそうに。そんなことみんな忘れちまうように、わしがうんとかわいがってやるからな」

老人が小吉にほおずりをする。

常連の四人が口々に文句を言った。

「こんな小さな生き物をいじめるなんて」

「人でなしだな」

「いったいどこの誰だい」

「きっと罰《ばち》が当たるよ」

憤慨していたお滝が真顔になって老人にたずねた。

「まさかお前さんは大酒呑みだったりしませんよね」

老人は手を顔の前で振った。

「嫌いじゃねえけど、そんなには呑みません。職人だったもんで、酒毒で手が震えるようになったりしちゃあおしめえだから」

徳右衛門が身を乗り出した。

「ほほう、それはそれは。何の職人をしていなさった?」

老人が照れたように首に手をやる。

「染めをやってたんでさあ。さっき言ってた幼馴染の辰蔵《たつぞう》が型紙の彫師だったもんで、ふたりで組んでやってました。隠居してから五年になりますかね。相方が目を少し悪くしちまったんで、わしも一緒にやめたんですよ」

「あのう……。うちで猫の柄の手拭を商いたいと思ってるんですが、お知り合いの職人さんをご紹介いただけないでしょうか」

お佐和の言葉にお駒がふむふむとうなずく。

「おかみさん、それはいい考えだよ。手拭なら値段も手ごろだし、人にあげたりもできるし、猫柄ならあたしもほしい。お前さん……ええと、名は何というんだい？」

「清吉《せいきち》といいます」

「じゃあ、清吉さん。職人をおかみさんに紹介しておあげな。心当たりはあるんだろう？」

「ええ、声をかけてみましょう。わしが頼めば引き受けてくれるはずだから」

「ありがとうございます！　よろしくお願いいたします」

「よかったねえ、おかみさん」

「お駒さん。お口添えくだすってありがとうございます」

「えっ！　ちょっと待った！」

いきなり忠兵衛が叫んだ。

「辰蔵と清吉って、あの『彫《ほ》り辰《たつ》』と『染《そ》め清《せい》』ですか？」

「……ええ、まあ、そう呼ばれていたこともありましたが。もう昔の話です」

布を染める技法のひとつに『型染め』というものがある。柿渋《かきしぶ》を塗った和紙を何枚も貼り合わせ、さらに柿渋を塗った地紙に図柄や模様を彫ったものを型紙という。この型紙を使って染めるのが『型染め』なのであった。

型紙を彫るのもそれを使って布を染めるのも、ともに精緻《せいち》な技が必要である。江戸の熟練の職人の中でも、最高峰と言われていたのが『彫り辰』と『染め清』の二人組だった。

『彫り辰』と『染め清』が手がけた布地は飛ぶように売れ、誰もがそれを手に入れたいと熱望した。乞われて将軍家に献上したとのうわさもある。

「ありゃまあ、小吉坊は玉の輿……とはいわないか。夫婦になるわけじゃないんだから。えっと、とにかく、すごいお人に飼ってもらうんだ。よかったねえ」

お駒の言葉に忠兵衛が胸を反らせた。

「禍福《かふく》は糾《あざな》える縄の如《ごと》しってね」

「忠さんが得意がってどうするのさ」

徳右衛門がまぜっかえして、皆がどっと笑う。

「清吉さんは猫を飼われるのは初めてなんですね」

お滝に聞かれて、清吉はうなずいた。

「ええ、そうです。用意しなきゃいけねえ物って何かあるんですかい？」

「餌の器、用を足す木箱に砂を入れなきゃだし、寝床にする籠もあったほうがいいし、他にもけっこういろいろ入り用なんですよ」

「……困ったなあ」

お駒が目を輝かす。

「清吉さんがご迷惑でなけりゃ、これから清吉さんの家へお邪魔して、一緒に用意するっていうのはどう？」

「それはありがたい。おかみさん、小吉坊を清吉さんに」

「ということで。よろしくお願いいたします」

「あ、はい。ではこちらにお名とお所をお書きください」

お佐和は、小吉に猫じゃらし二本と、好きでよく遊んでいた毬を持たせることにした。『福』の字の入った鈴がついた真新しい赤い首輪を結んでやる。

『さよなら、小吉。元気でね。今度こそ、ほんとうに幸せになるのよ』

お佐和は小吉をぎゅっと抱きしめた。

小吉がもらわれて十日後、清吉が小吉を連れて福猫屋にやって来た。小吉が返されるのだろうかと、お佐和はどきりとした。

お佐和を見つけた小吉が走り寄る。ひざにどんっと体当たりをして寝転んで見せた。大変な喜びようである。

しかし清吉が呼ぶと、小吉はすっ飛んで行ってしまった。あらら、と思いながらお

「おおい、小吉」

佐和は心底うれしかった。

やっと小吉は自分の居場所を見つけたのだ。

「いらっしゃいませ。清吉さん、小吉はどんな様子でしょう」

「いやぁ、もう、元気一杯でさあ。餌もよく食べて走り回って遊んで、静かだなと思ったらぐうすか寝てます」

「そうですか。安心しました」

「ひとりで小吉を留守番させておくのはかわいそうなので連れてきました」

清吉さんもなんだか元気そう。小吉が張り合いになっているのかしら。そうだといいのだけれど。

「今日は小吉をもらったお礼を持ってきたんです。おおい、由太郎《よしたろう》」

「はい」と応えがして、大きな風呂敷包みを持った男が現れた。歳は三十前くらい。背が高くて細身だけれどひ弱な感じはしない。

目は大きいが少し垂れ目で愛嬌がある。なかなかの男前だった。

「わしの女房の甥で由太郎といいます」

ぺこりと由太郎が頭を下げる。清吉が風呂敷包みの結び目をほどいた。

「辰蔵の型紙を使ってお礼に手拭を染めました。『猫尽くし』。全部で五百枚あります。いやあ、久しぶりに染めたんで、なんだかわくわくしちまってね。うまくいってよかった。辰蔵に顔向けできねえような物は作りたくねえから」

清吉が手拭を一枚取り、ぱっと広げた。猫たちが思い思いの格好をしている。愛らしくて滑稽味《こっけいみ》があるのに上品で、柄といい色味といい、それはもう見事な手拭であった……。

「差し上げますんでお店で売ってやってください」

『彫り辰』と『染め清』の手拭を福猫屋で売ることができるなんて信じられない。あまりのことに、お佐和は頭が真っ白になってしまった。

「ありがとうございます」

お礼を言いながらひたすら頭を下げる。老人四人組が這うようにして寄ってきた。

「ひゃーっ！『彫り辰』と『染め清』の手拭！」

「まさかの復活！」

「こりゃあ大変だ！」

「こんなことってあるんだねえ」

老人たちの大騒ぎに清吉が笑う。

「そんな大げさな」

「またまた、ご謙遜を。ここで売ったら、きっとほうぼうから注文がきますよ」

「いや。隠居の身ですから、もうこれっきりです」

「わあ、もったいない」

「でも、それでこそ『彫り辰』と『染め清』なんじゃないかね」

「ふーっ、のどがかわいた。おかみさん、甘酒お願いします」

忠兵衛が甘酒を所望すると、皆、甘酒を注文した。お佐和も老人四人組も黙って手拭を眺めるばかりである。

やがて誰からともなくほうっと息をはいた。

「……使うのがもったいない」

お駒の言葉にお滝がうなずく。

「あたしは飾ろうかな。手拭って表装できるのかしら」

「さすがは『彫り辰』と『染め清』だねえ、忠さん」

「俺は感激しちまって泣きそうだよ」

「実は俺も」

「清吉さん、夢のように素晴らしい手拭をくださって、ほんとうにありがとうございます」

お佐和はもう一度深々と頭を下げた。

「こちらこそ、こんなにかわいい小吉をありがとうございます。手拭を染めてるとね、辰蔵と一緒にいるみてえな気持ちになってうれしかった。あいつは型紙の中で生きてるんだって改めて思いましたよ」

忠兵衛と徳右衛門が腕組みをする。

「忠さん、手拭はいくらで売れればいいと思う？」

「ええと、普通の手拭が百二十文くらいだから、八百文だな」

「高過ぎるだろう」

「『彫り辰』と『染め清』だぞ」

「でも、あまり高いと庶民は手が出ない。好事家《こうずか》が買い占めちまうのもむかっ腹がたたねえか」

「それもそうだな。じゃあ六百文ってのはどうだ？」

「ふむ。いいんじゃねえか。五百枚で……ええと、四十七両くらいになるな」

「あのう、清吉さん。せめて布地や染料や糊《のり》やなんかの代金を納めさせていただけないでしょうか。こんなにたくさんの手拭、しかも『彫り辰』さんと『染め清』さんのものを、ただでいただいてしまうのはあまりにも申し訳なくて」

「それはお気遣いいただかなくてけっこうですよ。手拭を染めたのは、辰蔵の供養でもあるんですから」

「でも……」

「まあまあ、おかみさん。ここは清吉さんに甘えさせてもらいなさいな。猫の神様がご褒美をくれたと思って」

お駒のとりなしに皆がふむふむとうなずく。

「……はい、ではそうさせていただきます。ありがとうございます」

「あ、そういえば、染めの職人さんを紹介するっていうのはどうなったんですか？」

お滝に問われて清吉が「あ、いけねえ」とつぶやいた。

「この由太郎がこれからは福猫屋さんに手拭を納めさせていただきます」

お駒が興味津々といった様子でたずねる。

「由太郎さんはずいぶん若いねえ。歳はいくつ？」

「二十六です」

「清吉さんの弟子なんだろ」

「えっと、これからそうなります。今までは他で修業してました」

「一人前になって独り立ちすることになったんで、わしが仕込むことにしたんだ。辰蔵の型紙もゆくゆくは譲ろうと思ってる」

「へえ！　すごい！『染め由』になるんだね」

「いや、それは……」

由太郎が口ごもる。清吉が由太郎の肩をぽんとたたいた。

「なんだよ、それくらいの心意気でがんばらないでどうする」

「はい、精進《しょうじん》します」

由太郎さん、優しそうな人でよかった。ああ、うちの人が生きていたら、十年後、うちの人と亮太はちょうどこんな年格好になるのね……。

でも、清吉さんと言い、お年寄り四人組と言い、皆によくしてもらってほんとうにありがたい。あたしはなんて幸せ者なんだろう……。

お佐和はふと涙ぐみそうになった。

手拭は文字通り飛ぶように売れた。瓦版に書かれたこともあり、たった七日で完売してしまったのだ。

そしてそれをきっかけに『福猫屋』の名が世間に知られるようになって、客も少しずつ増えつつあるのがありがたい。

「結局、手拭でいくらもうかったんだい？」

おやつの牡丹餅を食べながら繁蔵がたずねた。

「四十六両三分と八百文です」

「そいつぁすげえな」

「ええ。だいぶ持ち出しだったのに、思ってもみない大金のおかげでひと息つけます」

「持ち出しってどれくらいだったんだ？」

「かかりは、一匹の一日の餌代が大人猫六文、子猫三文、炭代が月に二千五百文、その他もろもろ。手拭以外の売り上げを引いて八両の赤字。だからほんとうにありがたいの」

「ふうん。商売が立ちゆくにはまだまだだな……。でも、まあ、よかったじゃねえか。なあ、亮太」

「ふぁい」

繁蔵が顔をしかめる。

「口の中に物を入れたまましゃべるんじゃねえ」

「ふみまへん」

あわてて亮太が牡丹餅を飲み下した。

「やっぱりおかみさんの牡丹餅はうめえや。あ、そういえば、清吉さんの弟子の由太郎さんが手拭を染めるんですよね」

「ええ、そうよ。これから柄や値を相談するの」

「俺も由太郎さんに会いたいんですけど」

「あら、どうして」

「なんだか境遇が似てるから……です」

「おかみさんの甥っ子だってんだろ？　同じ甥っ子でもお前とはだいぶ違うと思うぞ」

たちまち亮太が口をとがらせる。

「ええ、ええ、どうせ俺は未熟者ですよ。でも、それを言ったら師匠どうしもだいぶ違いますよね。向こうは『染め清』でこっちは『鶴の恩返し』だもの」

「そういう口をきくのは百年早いぞ」

「百年もたったら死んじまってるじゃねえですか」

「だから一生黙ってろってこった」

「えー」

「はいはい、ふたりとも。食べないのなら、牡丹餅下げちゃいますよ」

「あ、もうひとつもらおうかな」

「俺も食います」

このふたりにもお縫ちゃんにもずいぶん助けてもらった。ありがとう。またよろしくお願いしますね。

牡丹餅をほおばる亮太と繁蔵を見ながらお佐和はほほ笑んだ。

そろそろ、また子猫が生まれる季節がめぐってくる。店もにぎやかに、そして忙しくなるだろう。

これからも人と猫の縁をつないで、人にも猫にも幸せになってもらえるようにがんばろう。お佐和は堅く心に誓った……。

○主な参考文献

『猫の古典文学誌　鈴の音が聞こえる』著：田中貴子　講談社（講談社学術文庫）
『江戸の卵は1個400円！　モノの値段で知る江戸の暮らし』著：丸田勲　光文社（光文社新書）
『浮世絵動物園　江戸の動物大集合！』監修：太田記念美術館　著：赤木美智　渡邉晃　日野原健司　小学館
『ねこのおもちゃ絵　国芳一門の猫絵図鑑』著：長井裕子　小学館

本書は文庫書下ろし作品です。

|著者|三國青葉　神戸市出身、お茶の水女子大学大学院理学研究科修士課程修了。2012年「朝の容花《かおばな》」で第24回日本ファンタジーノベル大賞優秀賞を受賞。『かおばな憑依帖』と改題しデビュー。著書に『かおばな剣士妖夏伝　人の恋路を邪魔する怨霊』『忍びのかすていら』『学園ゴーストバスターズ』『心花堂手習ごよみ』『学園ゴーストバスターズ　夏のおもいで』『黒猫の夜におやすみ　神戸元町レンタルキャット事件帖』など。近著に、幽霊が見える兄と聞こえる妹の物語を描いた「損料屋見《けん》鬼《き》控え」シリーズがある。

福猫屋《ふくねこや》　お佐和《さわ》のねこだすけ

三國青葉《みくにあおば》

講談社文庫

定価はカバーに
表示してあります

2022年11月15日第1刷発行

KODANSHA

発行者――鈴木章一
発行所――株式会社　講談社
東京都文京区音羽2-12-21　〒112-8001
電話　出版 (03) 5395-3510
　　　販売 (03) 5395-5817
　　　業務 (03) 5395-3615

Printed in Japan

デザイン―菊地信義
本文データ制作―講談社デジタル製作
印刷―――株式会社KPSプロダクツ
製本―――株式会社国宝社

ISBN978-4-06-529856-5

講談社文庫刊行の辞

二十一世紀の到来を目睫に望みながら、われわれはいま、人類史上かつて例を見ない巨大な転換期をむかえようとしている。

世界も、日本も、激動の予兆に対する期待とおののきを内に蔵して、未知の時代に歩み入ろうとしている。このときにあたり、創業の人野間清治の「ナショナル・エデュケイター」への志を現代に甦らせようと意図して、われわれはここに古今の文芸作品はいうまでもなく、ひろく人文・社会・自然の諸科学から東西の名著を網羅する、新しい綜合文庫の発刊を決意した。

激動の転換期はまた断絶の時代である。われわれは戦後二十五年間の出版文化のありかたへの深い反省をこめて、この断絶の時代にあえて人間的な持続を求めようとする。いたずらに浮薄な商業主義のあだ花を追い求めることなく、長期にわたって良書に生命をあたえようとつとめるところにしか、今後の出版文化の真の繁栄はあり得ないと信じるからである。

同時にわれわれはこの綜合文庫の刊行を通じて、人文・社会・自然の諸科学が、結局人間の学にほかならないことを立証しようと願っている。かつて知識とは、「汝自身を知る」ことにつきていた。現代社会の瑣末な情報の氾濫のなかから、力強い知識の源泉を掘り起し、技術文明のただなかに、生きた人間の姿を復活させること。それこそわれわれの切なる希求である。

われわれは権威に盲従せず、俗流に媚びることなく、渾然一体となって日本の「草の根」をかたちづくる若く新しい世代の人々に、心をこめてこの新しい綜合文庫をおくり届けたい。それは知識の泉であるとともに感受性のふるさとであり、もっとも有機的に組織され、社会に開かれた万人のための大学をめざしている。大方の支援と協力を衷心より切望してやまない。

一九七一年七月

野間省一